虫めずる姫《ひめ》の冒険《ぼうけん》

芝田勝茂・作
小松良佳・絵

もくじ

❶ 葵《あおい》祭《まつ》り

「来るよ」

「来た、来た！」

子どもたちのさけぶ声がします。

ひとびとのざわめきが、いっしゅんの沈黙《ちんもく》へとかわると、やがて遠くから馬のひづめの音がきこえてきました。

「……なんだ、まだ行列《ぎょうれつ》じゃないよ」

「馬がやってくる」

「騎馬隊《きばたい》だ！」

まもなく衛士《えじ》とよばれる警備《けいび》の兵士《へいし》が乗《の》った馬が数騎《き》、風のようにかけてきました。いきなりひとびとの群《むれ》につっこむ

と、

「勅使《ちょくし》（天皇《てんのう》のつかい）さまのおなりだ！」

「行列《ぎょうれつ》が来るぞ！」

「道をあけろ！」

「もっと道のはじによるんだ！」

口々におめきながら、まだ路上《ろじょう》にうろうろしているひとびとをけちらします。馬がいななないて前足立ちになり、ムチがびゅっとしなってふりおろされ、ひとびとはにげるように道の両《りょう》はじによります。

行列《ぎょうれつ》を待《ま》っている間に起《お》きるこんな荒《あら》っぽいできごとにも、ひとびとの興奮《こうふん》は、いやがうえにも高まっていくのでした。


ここは平安京《へいあんきょう》。

のちに京都《きょうと》とよばれることになる、この時代《じだい》の日本《にほん》の首都《しゅと》です。

比叡山《ひえいざん》を北にのぞみ、賀茂川《かもがわ》がゆるやかに流《なが》れるこの土地がみやことさだめられてすでに二百年。そのにぎわいは、同じ時代《じだい》の世界《せかい》じゅうのどことくらべてもひけをとらないほどさかえている都市《とし》なのです。

都大路《みやこおおじ》とよばれるメインストリートの両側《りょうがわ》には、位《くらい》の高い貴族《きぞく》や、天皇《てんのう》のしんせきである皇族《こうぞく》のやしきがならび、緑《みどり》の屋根《やね》がわら、朱《しゅ》にぬられた柱《はしら》、また、長くつらなる白いかべが初夏《しょか》の光にまぶしく輝《かがや》いています。

御所《ごしょ》からまっすぐにつづく都大路《みやこおおじ》には玉砂利《たまじゃり》という白い小石がしきつめられ、ちりひとつなくはき清《きよ》められています。道の上にはツバメが飛《と》びかい、道の両側《りょうがわ》にはひとびとがすずなりになって葵祭《あおいまつ》りの行列《ぎょうれつ》を今やおそしと待《ま》ちかまえていました。

この葵祭《あおいまつ》りは、年にいちど、賀茂《かも》神社《じんじゃ》につかえる巫女《みこ》が、御所《ごしょ》からやってくる天皇《てんのう》のつかいと合流《ごうりゅう》して、上賀茂《かみがも》神社《じんじゃ》と下鴨《しもがも》神社《じんじゃ》におまいりをする行事《ぎょうじ》です。

行列《ぎょうれつ》が都大路《みやこおおじ》をねり歩くようすはそれはそれはきらびやかで、みやこのひとびとはこれを見るのが何よりの楽しみでした。

「おお！　行列《ぎょうれつ》がやってきたぞ！」

シャン、シャン、シャン……。

鈴《すず》の音が近づきます。

やがてひとびとの前に、千人をこえるきらびやかなひとびとの行列《ぎょうれつ》がすがたをあらわしました。

「おお、すごい！」

「なんとあでやかな行列《ぎょうれつ》だ」

「ごらんよ。なんてみごとな衣装《いしょう》なんだ」

「あの牛飼《か》いの引く牛車《ぎっしゃ》を見て。金や銀《ぎん》のもようがついているわ」

「馬のかざりもすばらしいぞ」

「平安《へいあん》の世《よ》にこの行列《ぎょうれつ》を見ることこそしあわせというものだ」

行列《ぎょうれつ》にくわわっているひとびとは思い思いに葵《あおい》の葉《は》を手にしながら、初夏《しょか》の都《みやこ》大路《おおじ》を行進《こうしん》します。馬も牛車《ぎっしゃ》もすがすが

しい葵《あおい》の葉《は》っぱで緑《みどり》にかざられています。

天皇《てんのう》のつかいである勅使《ちょくし》や、天皇《てんのう》のむすめがなるべき「斎院《さいいん》」とよばれる賀茂《かも》神社《じんじゃ》の巫女《みこ》が乗《の》った、大きな「輿《こし》」という乗り物《もの》を中心に、長い長い行列《ぎょうれつ》がつづいています。最後《さいご》がとおりすぎるまで、一時間もかかるというほど長いパレードなのです。ひとびとはため息《いき》をつき、うっとりと、このあでやかなパレードを見つめています。

一条通《いちじょうどお》りという名の大路《おおじ》を、この行列《ぎょうれつ》がようやくとおりすぎようとしたときでした。

見物人《けんぶつにん》の中のひとりのむすめが、とつぜん、

「あらっ？」とおどろいたようにさけびました。

その声に何事《なにごと》かとひとびとがふり返《かえ》ると、むすめは行列《ぎょうれつ》の上空を見つめています。

「あれ？」

「なんだあれは？」

何か、灰《はい》色のぼんやりしたもやのようなかたまりが、上空に雲のようにうかん

でいるのです。

「虫の群《むれ》だわ」と、むすめがつぶやきました。

「虫って、ひょっとしてイナゴかい？」

「おお、そういえば、イナゴもあんなふうにかたまって空を飛《と》ぶよな」とひとびとの中から声がしました。するとむすめは首をふりました。

「イナゴなんかじゃない……あれはイナゴじゃなくて……ハチよ！」

「ハチ？　ミツバチかい？」

「このごろは、葵祭《あおいまつ》りの行列《ぎょうれつ》をミツバチまで見にくるようになったのか」

むすめはにこりともせずにいいました。

「そんなかわいいもんじゃないわ。あの飛《と》び方……たぶんあれはスズメバチ！」

「なんだって？」

ひとびとはおどろいてさけびました。スズメバチは、スズメほども大きいという名のとおり、ハチの中ではもっとも大きく、刺《さ》されたら死《し》ぬこともある凶暴《きょうぼう》なハチです。それが群《むれ》をなしているのなら、たいへんなことです。

「姫《ひめ》！」

「けら丸《まる》!」

ひとりの背《せ》の高い若者《わかもの》が、ひとびとの後方《こうほう》でむすめをよんでいます。「姫《ひめ》」とよばれたむすめは風のように若者《わかもの》のところへかけていきました。

「姫《ひめ》だって?」

「あのむすめはどこかの姫《ひめ》さまなのか?」

「そんなばかな。だって、そこらへんの小便《しょうべん》くさいガキどもと同じ衣装《いしょう》をきていたぞ?」

などとひとびとがうわさしている間に、行列《ぎょうれつ》のうしろでむすめと若者《わかもの》は出会い、そのまま小走りにかけながらハチの群《むれ》へと向《む》かいました。

「もう……いつの間にかおいらのそばからいなくなるんだから」

「いいじゃない。それよりあれは何?」

「なんなんでしょうね、とにかくあそこまで行きましょう」

二人は見物人《けんぶつにん》のうしろを、行列《ぎょうれつ》の中ほどまで走りました。そこは、上空の虫の群《むれ》にもっとも近いところでした。

「やっぱり、スズメバチよ」

若者《わかもの》もうなずきます。

「ですね。しかし、スズメバチはあれほどの高みは飛《と》ばぬはず。いったいこれはどうしたことでしょう」

葵祭《あおいまつ》りの行列《ぎょうれつ》は、この上空のハチの群《むれ》にはほとんど気づいていません。

みな、まっすぐ前を向《む》いて、しゃなりしゃなりと行進《こうしん》しています。騎馬隊《きばたい》は見物《けんぶつ》のひとびとから行列《ぎょうれつ》を守《まも》るのに懸命《けんめい》で、おつきのものや侍女《じじょ》たちも、つばの広いかぶりものをしているので、真上《まうえ》の空が見えないのでした。

「あのスズメバチが、行列《ぎょうれつ》におそいかかってきたら、ひとたまりもないわね」

「まさか……スズメバチが由緒《ゆいしょ》ある葵祭《あおいまつ》りになんのうらみがあるというんです」

「でも、さっきからの動《うご》きを見ていると、あの群《むれ》は何度《どど》か行列《ぎょうれつ》の上を行ったり来たりしているわ。そして、今、まるで的《まと》をしぼったように、真上《まうえ》にとどまっている……見て！」

むすめはさけびました。

「あのスズメバチの群《むれ》に、一匹《ぴき》の長《おさ》がいる！」

❷ スズメバチ

「どれどれ……ははあ」と若者《わかもの》は手をかざしてうなずきます。

「まさしく、長《おさ》というか、頭《かしら》というか、あれが群《むれ》を導《みちび》いているようです。……だが、あの群《むれ》の長《おさ》はスズメバチではありませんね」

「カブトムシみたいだけど」

「ここからでもかたちがわかるというのは、かなりの大きさですね」

群《むれ》の中に、たしかにひときわ大きな虫がいます。スズメバチはみなその虫にしたがって動《うご》いているようでした。

「ハチの群《むれ》を、ハチ以外《いがい》の虫が先導《せんどう》するなんてことがある？」

「そんな話はきいたことがありません……おお、いきなり上昇《じょうしょう》しました。……あっ！　……こんどはおりてきた。まいったな。ほんとに攻撃態勢《こうげきたいせい》のようです」

けらら丸《まる》がいったとおりでした。ハチの群《むれ》は、いったん行列《ぎょうれつ》の真上《まうえ》に舞《ま》い上がり、それからゆっくりとらせん状《じょう》に、大きな円をえがきながらおりてきたのです。その向《む》かうところにはりっぱな乗《の》り物《もの》がありました。これこそ葵祭《あおいまつ》りの中心である、賀茂神社《かもじんじゃ》の巫女《みこ》、斎院《さいいん》の輿《こし》でした。そのまわりにはおつきの男たちがならんで歩いています。

「上を見てっ！　スズメバチがやってくるわ！」とむすめが警備《けいび》の兵《へい》たちに向《む》かってさけびました。見物《けんぶつ》のひとびともその声におどろいてむすめを見、それから行列《ぎょうれつ》の上空を見ました。

「おおっ？」

「あれはなんだ？」

その声で、のんびりとした行列《ぎょうれつ》も、ようやくこの異変《いへん》に気づいたようです。衛士《えじ》たちがあわてて馬を走らせます。斎院《さいいん》の輿《こし》のまわりのひとびとは、頭上のハチの群《むれ》を見て、青ざめました。しかし、みんなあたふたするだけで、どうしていいかわからないようでした。

そこへスズメバチの群《むれ》がおそいかかったのです。

「ぎゃあっ！」

「ひええっ！」

「助《たす》けて！」

あっという間のできごとです。

「うぎゃっ！」

「さ、刺《さ》された！」

「い、いたいっ！」

スズメバチに刺《さ》された何人かがその場にうずくまり、たおれてもがいています。

「斎院《さいいん》さまがあぶないっ！」

輿《こし》のまわりに、スズメバチが黒いけむりのようにむらがっています。輿《こし》には風通しがいいようにと、すだれがたらされていましたが、うすい布《ぬの》のすだれなど、スズメバチがつきやぶるのは時間の問題《もんだい》でした。中では斎院《さいいん》がおそろしさにふるえていることだろうとだれもが思いましたが、どうすることもできません。路上《ろじょう》にたおれている男たちを助《たす》けようにも、スズメバチの群《むれ》がいかくするように飛《と》び回っているので、近よることさえできないのです。馬を飛《と》ばしてやってきた衛士《えじ》にもスズメバチがおそいかかります。

「ウィヒヒーン！」

馬がいなないて前足立ちになり、衛士《えじ》はどうっと落馬《らくば》しました。

「なんということだ！」

「五穀豊穣《ごこくほうじょう》を願《ねが》う葵祭《あおいまつ》りの行列《ぎょうれつ》が……こんなひどいことになるなんて！」

「世《よ》も末《すえ》だ」

「いったいどうしてこんなおそろしいことが起《お》きてしまったんだ」

ひとびとがさわいでいます。

「だれか、このハチをなんとかしなさいっ」と、行列《ぎょうれつ》の中でもっとも位《くらい》の高い勅《ちょく》使《し》が、じぶんの輿《こし》から顔を出して悲鳴《ひめい》のようにさけびました。けれど、相手《あいて》が危険《きけん》なハチなので、どうしようもないのでした。そのときです。

「勅使《ちょくし》さま」

「ん？」

姫《ひめ》とよばれたむすめと若者《わかもの》が勅使《ちょくし》のそばにかけよりました。

むすめがいいました。

「輿《こし》の上に一匹《ぴき》だけ飛《と》んでいる大きな虫がいます。あれが、スズメバチの群《むれ》の頭《かしら》かと思われます、あの虫を射《い》ればよいと思うのですが」

「ゆ、弓でか？」

「もちろん」

「しかし、葵祭《あおいまつ》りの行列《ぎょうれつ》で、斎院《さいいん》の輿《こし》に向《む》かって弓を引いてはいかん……だろう」

するとむすめはいいました。

「そんなことをいってる場合ですか！」

「そなたは何者《なにもの》だ？」

「わたしは、按察使《あぜち》の大納言《だいなごん》のむすめ」

「その従者《じゅうしゃ》けらら丸《まる》」と、むすめと若者《わかもの》が名乗《なの》りました。

「按察使《あぜち》の……おお、虫めずる姫君《ひめぎみ》とはそなたのことか」

「勅使《ちょくし》さま。一刻《いっこく》をあらそいます。早くあの虫を！」

「だが、あんな小さな的《まと》を射《い》ることができるものなど、衛士《えじ》の中にはおらぬぞ」

「では、このけらら丸《まる》におまかせを」

けらら丸《まる》は、背中《せなか》のつづらから小さな弓と一本の矢を取《と》りだしていいました。

「行列《ぎょうれつ》に弓を引いたとあっては、ただではすみませんが、勅使《ちょくし》の許可《きょか》があれば」

「よろしいですね？　勅使《ちょくし》さま！」と、虫めずる姫君《ひめぎみ》とよばれたむすめが念《ねん》をおします。勅使《ちょくし》は、ようやくうなずきました。

「わ、わかった……たのむ」

するとけらら丸《まる》は小さな弓に矢をつがえ、スズメバチの群《むれ》の上で舞《ま》っている大きな虫に向《む》かっていきなりひょうっと射《い》ました。

ビューン！

矢はまっすぐにその虫めがけて飛《と》んでいきます。

カシィーン！

何やら金属的《きんぞくてき》な音がして、虫が空中ではじき飛《と》ばされ、斎院《さいいん》の輿《こし》のむこうに落《お》っこちました。すると同時に、スズメバチの群《むれ》はいっせいに輿《こし》からはなれ、空に向《む》かって舞《ま》い上がり、輿《こし》の上空でちりぢりになって、やがてひとびとの視界《しかい》から消《き》えてしまいました。

勅使《ちょくし》は斎院《さいいん》の輿《こし》に向《む》かい、すだれを上げました。

「もうだいじょうぶです、おさわがせしました」

ひとびとがどよめきました。

このときはじめて、ひとびとはこの行列《ぎょうれつ》のあるじである、斎院《さいいん》の素顔《すがお》を間近に見ることになったのです。十二単《じゅうにひとえ》というあざやかな着物《きもの》に身《み》をつつんで斎院《さいいん》がすがたをあらわしたとき、どよめきはいっしゅんにしてしずまりました。

「あ、あれが斎院《さいいん》……！」と姫《ひめ》がつぶやきました。

ととのった顔立ちでしたが、その目はするどく、目があったひとびとは思わず目をふせたほどでした。

「たかがハチごときに何をさわいでいる」

斎院《さいいん》の声をきいて、勅使《ちょくし》はその場にははっとひざまずきました。

「早《はよ》う、行列《ぎょうれつ》をもとに！」

「ははっ」

勅使《ちょくし》はあわててじぶんの輿《こし》へともどりながらさけびます。

「みな、列《れつ》をもどせ！　ことはすんだ！　けが人、ハチに刺《さ》されたものは、その場で侍女《じじょ》たちが手あてをせよ。それ以外《いがい》のものは、すぐに出発《しゅっぱつ》だ！」

行列《ぎょうれつ》は、何事《なにごと》もなかったかのように、ふたたびすすみはじめました。いったん道のはじに避難《ひなん》した牛も、ゆるやかに、また、堂々《どうどう》と牛車《ぎっしゃ》を引きはじめます。見物《けんぶつ》のひとびとが大きな拍手《はくしゅ》をしています。

「さすがね」と姫《ひめ》はつぶやきました。

「ええ。斎院《さいいん》のひとことで、あっという間に行列《ぎょうれつ》がもとどおりになりました」

「あのひとが輿《こし》からすがたをあらわしただけで、空気がこおったかと思ったわ」

「たしかに。美《うつく》しい方なんですがねえ。それはそうと……さっき射落《いお》とした虫が見あたらないんですが」

「あそこよ、けらら丸《まる》」

姫《ひめ》が指《ゆび》さすところを見ると、動《うご》きだした斎院《さいいん》の輿《こし》に向《む》かって、ひとりの法師《ほうし》（おぼうさん）が走っていきます。

「あの法師《ほうし》が？」

「あなたがうち落《お》とした虫を、あの法師《ほうし》が拾《ひろ》い上げたのよ。斎院《さいいん》の輿《こし》のそばで何かいってる。あ。虫を斎院《さいいん》に差《さ》しだした」

「斎院《さいいん》に？　どういうことです？」

「さあ……これがその悪《わる》い虫でございます、って？」

「ふつうはいいませんよね、姫《ひめ》みたいな虫好《ず》きであれば別《べつ》ですが……虫めずる姫《ひめ》さま」

「何よ、なんか失礼《しつれい》ないい方ね……でもその前に」

「やるべきことがあります」

姫《ひめ》はうなずきました。

「スズメバチに刺《さ》されたひとの手あてをしなければ。ほうっておくと死《し》ぬこともあるわ」

「へえい、がってん！」とけらら丸《まる》はいって、かけだしました。

❸ 大納言《だいなごん》の姫君《ひめぎみ》

「秋津子《あきつこ》はどこだ！」と、按察使《あぜち》の大納《だいな》言《ごん》が大きなからだをゆすってわたりろうかを歩いてきます。秋津子《あきつこ》というのが姫《ひめ》の本名です。

「いつものように、あちらで」と、侍女《じじょ》がとなりの部屋《へや》を指《ゆび》さしました。

「また、虫の間《ま》か！」

それこそ苦虫《にがむし》をかみつぶしたような顔で、大納言《だいなごん》はがらりとふすまを開《あ》けました。もわっとした昆虫《こんちゅう》のにおいがただよいます。

「うっぷ！」

「あら、お父さま」

姫《ひめ》はふり返《かえ》り、にっこり笑《わら》いました。部屋《へや》にはたくさんの虫かごや、植木《うえき》のはちがおいてあります。それぞれの木にはいろんな虫がついているのです。姫《ひめ》はいつものように熱心《ねっしん》に虫の世話《せわ》をしていたのでした。

「いつもお元気そうで、わたしもうれしゅうございます」

「う……うむ」

大納言《だいなごん》は虫の間《ま》についてもんくをいおうと思ったのですが、姫《ひめ》のあどけない笑顔《えがお》を見ると、いつも「まあいいか」とうやむやになってしまうのでした。

「……まあ、行列《ぎょうれつ》のひとびとを助《たす》けたことだけはほめておこう。ハチに刺《さ》されたら小便《しょうべん》をつけておけばいいというのは、まちがっていたらしいな」

大納言《だいなごん》はどうやら、先日の葵祭《あおいまつ》りのできごとについて話があるようでした。

「おしっこをつけたら傷《きず》にきくというのはせいぜいアブかミツバチに刺《さ》されたときくらいなものでしょうね」

「これこれ。若《わか》いむすめがおしっこなんて堂々《どうどう》というもんじゃありません」

姫《ひめ》は大納言《だいなごん》の注意《ちゅうい》など気にもせずにつづけます。

「スズメバチはほんとうに危険《きけん》で、空中でおかしな霧《きり》のようなものをまくこともあります。それが目に入ると失明《しつめい》することもあるそうです」

「そうなのか。おまえは刺《さ》されたひとびとの手あてまで指図《さしず》していたそうだな。薬《くすり》をつくってぬったそうだが、いったいどこに薬《くすり》があったんだ？」

「スズメバチの毒《どく》には、柿《かき》の葉《は》とか、ノビルの球根《きゅうこん》のしるがきくといいます。だから柿《かき》の葉《は》を大急《いそ》ぎですりつぶしてしるをつくらせました。ノビルはあのあたりにはなくて、ためせなかったのでとても残念《ざんねん》でした」

「残念《ざんねん》じゃないっ！　そもそも、貴族《きぞく》のむすめなのにかってに葵祭《あおいまつ》りを見にいくなんてそれだけでもわたしはいい笑《わら》いものになっているというのに、みんなの前に顔をさらして、いったいどういうつもりなんだ」

大納言《だいなごん》のいうように、この時代《じだい》の貴族《きぞく》の女性《じょせい》は、そもそもよほどのことがないかぎり、家の外には出ないで、一生をすごすのがふつうです。ほかのひとに顔を見られることは、女性《じょせい》にとってもその貴族《きぞく》の家にとっても死《し》ぬほどはずかしいことだったのです。

「お父さま」と姫《ひめ》は笑《わら》いました。「わたしのことで笑《わら》いものになるのはもう、慣《な》れっこではありませんの？」

「あのねえ」父の大納言《だいなごん》はうんざりしたようにいいました。「むすめの悪《わる》い評判《ひょうばん》に慣《な》れっこになるような父は世界《せかい》じゅうどこをさがしてもいません。勅使《ちょくし》がずいぶんおまえをほめそやしていたけれど、わたしは穴《あな》があったら入りたかったよ」

「お父さまの入れる穴《あな》なんてありませんわ」と姫《ひめ》は、でっぷりと太った父のからだを見ていいました。まわりにひかえている侍女《じじょ》たちが思わずふきだしています。

「とにかく、だ」と大納言《だいなごん》は気を取《と》りなおしていいました。「侍女《じじょ》たちの目をくらまして、かってにやかたをぬけでることを許《ゆる》したおぼえはありません。二度《ど》とこんなことのないようにしてもらいたい」

「みんなわかったわね？」と姫《ひめ》は侍女《じじょ》たちにいいました。「わたしがかってにぬけだしても、お父さまにいってはだめよ」

「こここここらっ！　何をいってるんだ！」

これ以上《いじょう》ここにいてはからだに悪《わる》いというように、大納言《だいなごん》はろうかに出て、もういちど姫《ひめ》にいいました。

「こういうことが起《お》きると、みやこではもの好《ず》きな男たちがおまえのうわさをして、わざわざ見にきたりする。『世《よ》にもめずらしいお姫《ひめ》さまと結婚《けっこん》したい』というもの好《ず》きな変人《へんじん》だってたずねてくるかもしれんぞ。あいつらときたらうわさ話にたかるハエのようなもんだ。しばらくの間、宇治《うじ》の別荘《べっそう》に行って、おとなしくしていなさい。ずっとあっちにいてもぜんぜんかまわんが」

「はーい」と姫《ひめ》はこたえました。大納言《だいなごん》を見送《みおく》ってから、姫《ひめ》は侍女《じじょ》たちにいいわたしました。

「しばらくわたしだけで宇治《うじ》の別荘《べっそう》に行くから、あなたたちはここにいてね。むこうにはじいやとばあやがいるからだいじょうぶ。しばらく宇治《うじ》でおとなしくくらしますから、虫の世話《せわ》をお願《ねが》いね」

「まあ、あんなことをおっしゃってても、ほんとはお父さまのお気持《きも》ちがわかっておられたんですね」と、侍女《じじょ》がほっとしたようにいいました。

「しばらくはおとなしくしておいでにならないと」「わたしどもの立場もございませんから」「大納言家《だいなごんけ》につかえるものとしては」と、つぎつぎにほかの侍女《じじょ》たちも口を出します。でも、姫《ひめ》が両耳《りょうみみ》に指《ゆび》をつっこんで、何もきいていないので、みんなあきれてすぐに口を出すのをやめました。

そのとき、庭先《にわさき》で声がしました。

「ハチ飼《か》いの翁《おきな》、参上《さんじょう》いたしました」

庭先《にわさき》に、やさしそうな目をしたひとりの老人《ろうじん》が立っていました。これはハチ飼《か》いの翁《おきな》といって、はちみつからろうそくの材料《ざいりょう》であるミツロウというものを取《と》りだし、宮中《きゅうちゅう》におさめている男です。父の大納言《だいなごん》の知りあいだったせいで、小さいころから姫《ひめ》に虫のことを教えてくれた、いわば先生です。いつもこんなふうに、ふらりと姫《ひめ》のところへやってきて、はちみつをおみやげにくれたり、めずらしい虫を見せてくれたりするのでした。

ハチ飼《か》いの翁《おきな》が来たのを機会《きかい》に、侍女《じじょ》たちはさっと別室《べっしつ》にうつります。姫《ひめ》とハチ飼《か》いの翁《おきな》が話すときはほとんど虫の話なので、おつきの侍女《じじょ》たちはいつも部屋《へや》を出ていくのでした。

「翁《おきな》。ひさしぶりじゃない。会えてうれしいわ」と、姫《ひめ》は庭先《にわさき》にひざをついてかしこまっている老人《ろうじん》の手を取《と》って、部屋《へや》へ上げました。

「おお、あいかわらずたくさんの虫に囲《かこ》まれておられますね」

「ねえ、見て見て！　新しい虫を見つけたのよ！」と姫《ひめ》はさっそく翁《おきな》を虫のところへ案内《あんない》します。「この虫の名前を知ってる？」

「おお、これはゾウムシですよ、ふつうのものとちょっとかたちはちがいますが……」と、ひとしきり翁《おきな》と姫《ひめ》は虫の話に花をさかせます。

「こんなのがいっぱい、地面《じめん》の中にひそんで、じっと冬をすごし、やがて春になって出てくるなんて、ほんとうに世《よ》の中《なか》というのはなんてふしぎで、すばらしいところなのかと思うわ……ああ、ごめんなさい、またわたしだけが話して。きょうはいったいどうしたというの？　ハチ飼《か》いの翁《おきな》にとっては菜《な》の花《はな》の季節《きせつ》はいそがしいのではなくって？」

「みやこでの姫《ひめ》のはなばなしいうわさをきいて飛《と》んでまいりました……というのはじょうだんですが、ちまたでは観音《かんのん》さまのおつかいのようにあどけない女の子が葵祭《あおいまつ》りに舞《ま》いおりて、行列《ぎょうれつ》を救《すく》ったという話でもちきりですぞ」

「うふふっ。それって、なんかすてきなうわさねえ！　でも、それもこれも、前に翁《おきな》にスズメバチの話をきいていたからだわ」

「よく、柿《かき》の葉《は》のことなどおぼえておられましたなあ。とっさのときに、学んだことを思いだせるというのは、だいじなことです。教えたわたしも鼻《はな》が高い」

するといつから来ていたのか、庭先《にわさき》にいたけらら丸《まる》が口をはさみました。

「でもなあ、おじじ。そのおかげで姫《ひめ》は父上さまからおしかりを受《う》けて、宇治《うじ》に行かねばならなくなってしまったんだよ。謹慎《きんしん》、ってやつさ」

「ほう、宇治《うじ》に。だがそれはちょうどよかった。じつは姫《ひめ》におりいって話があったのですよ。それも、大納言《だいなごん》さまにきかれるとちょっとこまる話で」

「あら、何かしら？」と姫《ひめ》はうれしそうに身《み》を乗《の》りだしました。

「わたしといっしょに、法隆寺《ほうりゅうじ》まで来ていただきたいのです」

「法隆寺《ほうりゅうじ》？」

「奈良《なら》は斑鳩《いかるが》の里に、法隆寺《ほうりゅうじ》というりっぱなお寺がございます」

「知ってるわ。法隆寺《ほうりゅうじ》は、聖徳太子《しょうとくたいし》がお建《た》てになったお寺よね」

「その法隆寺《ほうりゅうじ》の管主《かんしゅ》、つまり法隆寺《ほうりゅうじ》でいちばんえらい方が、姫《ひめ》に会いたいとおっしゃっているのです。わたしといっしょにこれから奈良《なら》までまいりませんか」

「法隆寺《ほうりゅうじ》のおぼうさまがわたしに？　いったいどういうことですか？」

「先日の一件《いっけん》、つまり葵祭《あおいまつ》りのうわさが、法隆寺《ほうりゅうじ》にまでとどいているのです。どうやらそれにかんしたことで、姫《ひめ》さまにたのみがあるという話で……くわしいことは、管主《かんしゅ》さまがじきじきに話したいということでした」

「法隆寺《ほうりゅうじ》が姫《ひめ》にいったいどんな用があるというんだい」

「いろいろ、わけがありましてな。じつは、ついこの間、葵祭《あおいまつ》りのすこし前に、例《れい》のおそわれた斎院《さいいん》さまが、おしのびで法隆寺《ほうりゅうじ》へ来られたというのです」

「まさか。斎院《さいいん》が法隆寺《ほうりゅうじ》に行くなんて考えられないわ」

「どうしてです？　宮中《きゅうちゅう》の方がお寺へ行かれるのは別《べつ》にめずらしいことではないでしょう？」

けらら丸《まる》がふしぎそうにたずねました。すると姫《ひめ》はいいました。

「賀茂神社《かもじんじゃ》の斎院《さいいん》という立場の方は、ふつう仏教《ぶっきょう》のお寺へは行かないものなの。なぜなら斎院《さいいん》がおつかえするのはこの国の昔《むかし》からの神《かみ》さまだから。賀茂神社《かもじんじゃ》がおまつりしているのも、古い日本《にほん》の神《かみ》さまなのよ。それに対《たい》して仏教《ぶっきょう》は、はるか海のかなた、天竺《てんじく》から伝《つた》えられたもの。そもそも相《あい》いれないのよね。だから、斎院《さいいん》というお立場にある方は、神社《じんじゃ》にはおまいりしても、仏教《ぶっきょう》のお寺なんかへは行かないの」

「その法隆寺《ほうりゅうじ》のぼうさんが、姫《ひめ》に会いたいといってきたというわけですか？」

「わたし、法隆寺《ほうりゅうじ》へは前から行ってみたかったの」と姫《ひめ》はうれしそうにいいました。「あそこには、名高い『玉虫厨子《たまむしのずし》』があるのよ」

「そのとおりです」とハチ飼《か》いの翁《おきな》。「厩戸《うまやど》の王子、すなわち聖徳太子《しょうとくたいし》をしのんで、おきさきが何千という玉虫を使《つか》ってつくったという、それはみごとな厨子《ずし》だときいております」

「そりゃあすごいものだろうなあ」とけらら丸《まる》。「一匹《ぴき》でさえうっとりするほどきれいな、あの青緑色《あおみどり》の玉虫が、何千も！」

「わたし、いちど見てみたかったの」

「しかし、そんな厨子《ずし》をつくるなんて、ちょっとおかしいんじゃないですか？」とけらら丸《まる》はいいました。「厨子《ずし》といえば仏像《ぶつぞう》のいれもののことでしょう、それをつくるのに、何千という玉虫を殺《ころ》したっていうのは、残酷《ざんこく》じゃありませんか。そんなのは仏《ほとけ》さまをあがめることにも、虫をめずることにもならないのでは？」

「ほおー」と、翁《おきな》が感心《かんしん》しました。「けらら丸《まる》はなかなかものごとを深《ふか》く考えるようになったものだ。姫《ひめ》の影響《えいきょう》かな」

「ちゃかさないでくださいよ。でも姫《ひめ》、どうなんです？」

「りくつはあなたのいうとおりだけどね。殺生《せっしょう》（生《い》き物《もの》を殺《ころ》すこと）にもいろいろあるっていうことなんでしょうね」と姫《ひめ》はいいました。「おきさきさまにしてみれば、たくさんの玉虫を使《つか》って、この世《よ》にないほど美《うつく》しい厨子《ずし》をつくり、太子《たいし》をたたえたいと思ったんでしょう。太子《たいし》へのお気持《きも》ちがあって、全国《ぜんこく》から玉虫を集《あつ》めたわけだから、まあ、玉虫さんもがまんしてね、ってところかしら」

「なんかわがままなような気がするなあ。おいら、なっとくがいかないんですが」

「昔《むかし》の話だし、まだ仏教《ぶっきょう》が入って間もないころだから、たくさんのいくさや、殺《ころ》しあいがあったのよ。今みたいに、いろんなものの殺生《せっしょう》がいけない、なんてことをいわなかった時代《じだい》の話よ。だからこういう厨子《ずし》をつくって、もっともっと仏教《ぶっきょう》をひろめ、いくさで人間が殺《ころ》されることをなんとかしてとめたい、そういういのりをこめたのだと思うわ。この平安京《へいあんきょう》にみやこがうつされてからこのかた、死刑《しけい》というものはなくなったけど、昔《むかし》は死刑《しけい》なんてしょっちゅうだったんだから。聖《しょう》徳太子《とくたいし》の一族《いちぞく》も仏教《ぶっきょう》に反対《はんたい》する勢力《せいりょく》によってほろぼされたし」

「たしかに、あらためて姫《ひめ》からそういわれると、今はけっこうな時代《じだい》ですなあ」

「話をもどしますが、斎院《さいいん》はなぜ法隆寺《ほうりゅうじ》に行かれたのでしょうね。あの方は太子《たいし》の子孫《しそん》ですか？」とけらら丸《まる》。

「いや、聖徳太子《しょうとくたいし》の一族《いちぞく》はとっくに絶《た》えてしまったが……その質問《しつもん》はなぜだ？けらら丸《まる》」

「斎院《さいいん》が太子《たいし》の血統《けっとう》だったら、玉虫のうらみ、とか思ったんですが」

「ふうむ。虫がおそったわけだからなあ」

「でも、そしたらスズメバチじゃなくて、玉虫がおそうはずですよね」

「玉虫がおそってもさほどこわくないが、法隆寺《ほうりゅうじ》ができてから何百年もたっているんだよ。玉虫がからむには、時間がたちすぎているだろう」

「それに、あのスズメバチをひきいていたのは玉虫なんかじゃなかったわ。いろんななぞがあるわねえ。ここはひとつ、法隆寺《ほうりゅうじ》へ行ってみるしかないわね」と姫《ひめ》がにこっと笑《わら》っていいました。「お父さまのいいつけもあることだし、おもてむきは宇治《うじ》に行くことにしてさっそく出発《しゅっぱつ》しましょう」

④ 斑《いかる》鳩《が》の里

　それはどう見ても貴族《きぞく》の姫君《ひめぎみ》の一行《いっこう》とは思えませんでした。旅《たび》すがたのけらら丸《まる》、ハチ飼《か》いの翁《おきな》は日ごろから同じ服装《ふくそう》です。姫《ひめ》は編《あ》みがさをかぶってはいましたが貴族《きぞく》の姫《ひめ》であるとはだれも思わない、質素《しっそ》な旅《たび》のかっこうをしていました。貴《き》族《ぞく》のお姫《ひめ》さまは、十二単《じゅうにひとえ》という、きらびやかではありますが、それはそれは重《おも》い服《ふく》ですわっていることが多く、歩きやすい服装《ふくそう》などないのです。

「わたしたち、どういう一行《いっこう》に見えるのかしら」

「まあ、どこかの荘園《しょうえん》を追《お》いだされて、働《はたら》き口をさがして歩いている一家でしょうかな、父と母は荘園《しょうえん》をおそった盗賊《とうぞく》に殺《ころ》され、かわいそうにも残《のこ》された年よりと、息子《むすこ》とむすめのきょうだいでございましょう」

荘園《しょうえん》というのは、ひとつの村がそっくり貴族《きぞく》の土地になり、その持《も》ち主《ぬし》の貴族《きぞく》のためにひとびとが働《はたら》いているところです。そこで収穫《しゅうかく》された米は、すべて貴族《きぞく》のものになるのでした。

「すくなくとも、おいらにかんしてはまんまじゃないか」とけらら丸《まる》がいいます。するとと姫《ひめ》はうたいました。この時代《じだい》では、だれもが気楽に歌をつくって楽しむのです。

父母《ちちはは》が　いなけりゃひとりで生きていく
じぶんのことはじぶんでやるわ

「おやおや。それが高貴《こうき》な姫《ひめ》のつくる歌ですか」けらら丸《まる》があきれると、

「うふふ。おぼろ月夜の歌だってうたえるのよ、わたし」といって、姫《ひめ》はむりや

りおとなっぽく見せようと、にいっと笑《わら》ってみせました。おぼろ月夜の歌というのは、みやこではやっている、おとなの女性《じょせい》がうたう歌です。あきれる二人をしり目に、姫《ひめ》はいい声でうたいはじめました。

春のおぼろなお月さま　晴れているやらくもりやら
ぼんやりぐずぐず　あなたの気持《きも》ち
恋《こい》のゆくえもはっきりしない　いつまでたってもおぼろ月

「き、気持《きも》ち悪《わる》いですよ、姫《ひめ》」とけらら丸《まる》がいいました。

「姫《ひめ》さま！　いつの間にそんなろくでもない、しもじもの歌をおぼえたんですか、まったく」とハチ飼《か》いの翁《おきな》があきれました。「なんでまた、按察使《あぜち》の大納言《だいなごん》の家にこんなはすっぱなお姫《ひめ》さまが生まれたんでしょうなあ」

「きっと生まれる時代《じだい》をまちがえたんですよ」

「そっか！　きっと千年くらいあとだったら、わたしは思いきり生きられるんだわ」

「今だって思いきり生きてると思いますがね」とけらら丸《まる》がいって、三人とも笑《わら》いました。

あたりはいちめんの菜《な》の花畑《はなばたけ》、三人は楽しそうに道を歩いていきます。

「法隆寺《ほうりゅうじ》っていうのは、聖徳太子《しょうとくたいし》が建《た》てたんでしたよね」とけらら丸《まる》はいいました。「いちどに何人ものうったえをきいたとかいう耳のいい王子さまでしたよね」

「いちどに十人だ」とハチ飼《か》いの翁《おきな》がいいました。「聖徳太子《しょうとくたいし》は厩戸《うまやど》の王子とも、豊聡耳《とよとみみ》の王子ともよばれているが、それはそれはえらい方だ。もしかしたらこの国に今まで生まれた人間の中でもっともえらい方かもしれぬ。太子《たいし》は、『平和《へいわ》こそが何より大切だ』ということばではじまる十七条《じょう》の憲法《けんぽう》という、すばらしい法《ほう》をつくられ、また、そのころ、世界《せかい》でもっともすすんだ文化《ぶんか》を持《も》っていたとなりの隋《ずい》という国につかいを送《おく》り、学問《がくもん》をわが国にはこび、この国のいしずえを築《きず》かれたお方さ。今でも法隆寺《ほうりゅうじ》の境内《けいだい》に入ったとたんいきなり空気がかわるほどだ」

「空気が?」

「一歩お寺に足をふみ入れたとたん、急《きゅう》に、空気がびしっとはりつめるんだ。いきなり水でもぶっかけられたみたいに、頭がすきっとして、どこかちがう場所《ばしょ》に来たような、そう、たとえていえば深《ふか》い山の中の、谷川の清水《しみず》のそばにいるみたいな、そんなふうな感《かん》じがするんだよ」

「気のせいだよそれは」

「いいえ。気のせいではないと思うわ。太子《たいし》の気高《けだか》い心が今でもあのお寺に空気になって残《のこ》っているのでしょう。法隆寺《ほうりゅうじ》は、木でできているといっても、この先千年は朽《く》ちることなくこの世《よ》にありつづけるといわれているし」

「ははっ。まさか。どんなりっぱな木を使《つか》っても、ふつうの家ならせいぜい二代《だい》か三代《だい》がいいとこでしょう。千年も朽《く》ちないなんてありえないよ」

「いいえ。太子《たいし》さまの気持《きも》ちが残《のこ》っているのよ、だから千年でも二千年でも朽《く》ちるはずがないわ」と姫《ひめ》がいいました。するとけらら丸《まる》は、

ほうほうほう　法隆寺《ほうりゅうじ》　千年たっても法隆寺《ほうりゅうじ》
ほらもほどほど　ほらごらん　千年たったら洞穴《ほらあな》さ

と、「ほ」でつなげた歌にしたので姫《ひめ》にけとばされています。


やがて三人は斑鳩《いかるが》の里に着《つ》きました。

菜《な》の花畑《はなばたけ》のむこうに、こんもりとした森があり、その木々の合間《あいま》にかわら屋根《やね》がきらきらと輝《かがや》いています。五重《ごじゅう》の塔《とう》がその森の中ほどに見えました。

「あれが法隆寺《ほうりゅうじ》。ここから見ると夢《ゆめ》の国のようね」

「おお？　その夢《ゆめ》の国からぼうさんたちがやってきますよ」とハチ飼《か》いの翁《おきな》がいいました。十人以上《いじょう》のひとびとがやってくるのが見えたのです。かれらは、輿《こし》を

かついでいました。その輿《こし》には、黄色い衣《ころも》をきた、年取《と》ったおぼうさんが乗《の》っていました。

三人は、道のはじにより、おぼうさんの一行《いっこう》にひざまずきました。すると、近くまでやってきたおぼうさんたちが、三人の前でとまりました。

「顔を上げなされ」という声がします。

姫《ひめ》がおずおずと見上げると、輿《こし》の上で、やさしそうなおぼうさんがにっこりほほえみかけています。

「管主《かんしゅ》さま……わざわざお出むかえにこられたのですか！」と、ハチ飼《か》いの翁《おきな》がおどろいていいました。

「ハチ飼《か》いの翁《おきな》。ご苦労《くろう》だった。よくぞ、姫《ひめ》を連《つ》れてまいられた」

それからおぼうさんは姫《ひめ》に向《む》かっていいました。

「按察使《あぜち》の大納言《だいなごん》の姫君《ひめぎみ》ですな？」

「げに、さようでございます」

「お待《ま》ちしておりました。さあ、こちらへ」

姫《ひめ》は輿《こし》に乗《の》り、けらら丸《まる》、ハチ飼《か》いの翁《おきな》もそのあとにつづいて一行《いっこう》とともに、法隆寺《ほうりゅうじ》へとすすみます。

「どういうわけだい？　おじじ、姫《ひめ》が法隆寺《ほうりゅうじ》に行くってことをもう伝《つた》えてあったのか？　それにしたって、この時刻《じこく》に着《つ》くことまではわからんだろうに」

「まったくだ……ううむ」

ハチ飼《か》いの翁《おきな》はむずかしい顔でいいました。

「管主《かんしゅ》さまがじきじきに……しかも姫《ひめ》が来るのをこれほど待《ま》っておられたとは……そうとうたいへんな問題《もんだい》があるんだろうな」

法隆寺《ほうりゅうじ》にはいくつものお堂《どう》がならんでいました。もっともりっぱなお堂《どう》は、金《こん》堂《どう》とよばれ、そのとなりにはこれまたみごとな五重《ごじゅう》の塔《とう》がありました。まわりにはおぼうさんたちが寝《ね》とまりする建物《たてもの》がいくつもならんでいます。

三人は、お堂《どう》の一室にとおされました。

ほどなく、板戸《いたど》が開《ひら》いて、管主《かんしゅ》とよばれたおぼうさんが入ってきました。

三人は頭をさげます。

「さっそくですが、姫《ひめ》。ハチ飼《か》いの翁《おきな》をとおしてあなたさまにここに来ていただ

いたわけをお話ししたいと思います」

管主《かんしゅ》さまのことばに、姫《ひめ》もけらら丸《まる》も、姿勢《しせい》を正しました。

「話は、しばらく前にさかのぼります。斎院《さいいん》さまが、とつぜんこの法隆寺《ほうりゅうじ》におこしになるという知らせが来たのです。わたしたちはおどろき、とまどいました。だれもが知るとおり、斎院《さいいん》は賀茂《かも》神社《じんじゃ》の巫女《みこ》、そのまつる神《かみ》は、われわれ仏教《ぶっきょう》の教えとはことなるものです。それに……わざわざおこしいただくのは光栄《こうえい》ではあるのですが、斎院《さいいん》にたてついたとかで、罪《つみ》なくみやこを追《お》われた方もおりますし、ごじぶんのやしきの蔵《くら》には、金銀《きんぎん》財宝《ざいほう》がつまれているとか、いろいろ悪《わる》いうわさがありましたし、いったいなんの用かと。わたしたちはきんちょうして斎院《さいいん》をおむかえしました」

「斎院《さいいん》はおしのびだったのですよね？」

管主《かんしゅ》さまはうなずきました。

「おしのびとはいっても、数十人の供《とも》や、ものものしい警備《けいび》のものをしたがえていらっしゃいました」

管主《かんしゅ》さまは顔をくもらせました。

5 金剛虫《こんごうちゅう》

……賀茂神社《かもじんじゃ》につかえる斎院《さいいん》は、清潔《せいけつ》で質素《しっそ》なくらしをし、俗世間《ぞくせけん》のさまざまな欲望《よくぼう》からは無縁《むえん》の存在《そんざい》であるべきだ、というのはどうやらたてまえのようでした。法隆寺《ほうりゅうじ》の庭《にわ》で輿《こし》からゆっくりとすがたをあらわした斎院《さいいん》は、質素《しっそ》どころか、国王であってもおかしくないほどごうかな衣服《いふく》に身《み》をつつんでいました。それは金糸銀糸《きんしぎんし》をたっぷり使《つか》い、絹《きぬ》のつやもなめらかな中国伝来《ちゅうごくでんらい》のからごろもで、その下にきている衣《ころも》にも竜《りゅう》のもようがおどっています。

ふつう斎院《さいいん》は、みかどがかわるときに新しい王女と交代《こうたい》するならわしですが、この斎院《さいいん》にかぎり、すでにみかどが三代《だい》かわってもいまだに斎院《さいいん》をやめることはありません。どうやら、天皇《てんのう》のおきさきにもおとらない財産《ざいさん》をほこることができる、今の地位《ちい》が気に入っているようすでした。仏《ほとけ》につかえることで真実《しんじつ》を見つめようとする法隆寺《ほうりゅうじ》の管主《かんしゅ》さまは、何かあやしげな、ひとの道にそむくようなようすをこの女性《じょせい》の面立《おもだ》ちから感《かん》じ取《と》っていました。

斎院《さいいん》がとおされたのは、金堂《こんどう》とよばれる、法隆寺《ほうりゅうじ》でもっとも美《うつく》しいお堂《どう》のひとつでした。金堂《こんどう》の中には金色に輝《かがや》くご本尊《ほんぞん》をはじめとする数多くの仏像《ぶつぞう》があり、四方のかべにも観音《かんのん》さまや仏《ほとけ》さまがえがかれています。天井《てんじょう》には空を飛《と》ぶ天人《てんにん》のすがたがあり、いながらにして極楽浄土《ごくらくじょうど》をかいま見るようなごうかさです。ふつうの人間なら、ここに入っただけで、おごそかな空気に気《け》おされ、はっと頭《こうべ》をたれて仏《ほとけ》さまをおがむものですが、斎院《さいいん》は、部屋《へや》の中の雰囲気《ふんいき》にものおじすることもなく、胸《むね》をそびやかしてあたりを見すえています。

「このたびはわざわざおこしいただき」と管主《かんしゅ》さまが型《かた》どおりあいさつすると、斎院《さいいん》はいちおう返礼《へんれい》をしたあとでいきなり用件《ようけん》を切りだしました。

「玉虫厨子《たまむしのずし》を見たい」

理由《りゆう》も何もいいません。あまりにもぶしつけな申《もう》し出《で》に、管主《かんしゅ》さまはあきれましたが、だまって僧《そう》たちに合図《あいず》しました。ほどなく、斎院《さいいん》の前に、古い、大きな木の箱《はこ》が引きだされました。

「開《ひら》きなさい」と斎院《さいいん》がふたたび高飛車《たかびしゃ》にいいます。

箱《はこ》が開《ひら》かれると、中には白い布《ぬの》でおおわれたものが見えます。その布《ぬの》を、僧侶《そうりょ》たちがゆっくりとほどいていき、やがて、玉虫厨子《たまむしのずし》がそのすがたをあらわしました。

「やはりな」と斎院《さいいん》はいいました。「玉虫はみな、光も色も失《うしな》ってしまっている」

「生《い》き物《もの》でございますゆえ」と管主《かんしゅ》さまはしずかにこたえました。つくられた当《とう》初《しょ》は、七色に輝《かがや》いていたであろう数千匹《びき》の玉虫は、今はすべて黒ずんだ、虫の死《し》がいでしかありませんでした。玉虫の羽がはられた部分《ぶぶん》は、真《ま》っ黒《くろ》だったのです。

「管主《かんしゅ》」斎院《さいいん》の声がひびきました。

「はい」

「ここに永遠《えいえん》に色を失《うしな》わず、金色に輝《かがや》きつづける虫がいるときいた」

管主《かんしゅ》さまはおどろきました。

「は？」

「知らぬとはいわせぬ。その虫の名を『金剛虫《こんごうちゅう》』といい、法隆寺《ほうりゅうじ》の伽藍《がらん》（お堂《どう》）のどこかに飼《か》われているときいた。管主《かんしゅ》たるそなたが知らぬわけはない」

「その話、いずこからおききになられましたか？　金剛虫《こんごうちゅう》のことは、この法隆寺《ほうりゅうじ》の管主《かんしゅ》だけが代々《だいだい》伝《つた》えられてきたことなので、話がもれるとは思いもよりませんでした。斎院《さいいん》さまにはかくさず申《もう》し上げるつもりですが、いったい、だれがそのようなお話を斎院《さいいん》さまにふきこんだのでありましょうか？」

「この話をわらわに伝《つた》えてくれたのは、松虫法師《まつむしほうし》といって、わらわのやしきで鳴く虫の世話《せわ》をしているものだ。かのものはそのわざを法隆寺《ほうりゅうじ》において学んだという。ぞんじておろうが」

「松虫法師《まつむしほうし》……さるとき、宮中《きゅうちゅう》より、虫飼《か》いに長《ちょう》じたものをめしだせとのお達《たっ》しがあり、こちらの僧《そう》をつかわしたことがありましたが、それ以来《いらい》こちらにもどってはおりませせぬ……ではかのものが斎院《さいいん》さまに金剛虫《こんごうちゅう》のことを」

「いかにも。なぜそのような話になったかといえば、わけがある。わらわは、これで三代《だい》のみかどにつかえ、神社《じんじゃ》の祭《まつ》りもとどこおりなく行ってきた。みかどの信頼《しんらい》は厚《あつ》く、わらわのやかたにつどうものは当代一流《とうだいいちりゅう》の人物《じんぶつ》でなくてはならぬ。今のみやこで、わらわを無視《むし》しては毎年の任官昇進《にんかんしょうしん》その他《た》、この国のまつりごとも成《な》り立たぬ。だが、いくらみやこに住《す》み、力のあるものたちのそばにいるからといって、時代《じだい》がかわれば何もかも消《き》えてしまう。巫女《みこ》ゆえ、結婚《けっこん》することもかなわず、ひとり身《み》のままに一生を終《お》える、ただそれだけのことではあまりにもはかない。そこでわらわは考えた。後世《こうせい》に残《のこ》る、美《うつく》しいもの、すばらしいもの、『あれが斎院《さいいん》の残《のこ》したもうたものよ』といつまでも語りつがれる何かを残《のこ》したい、と。そのときに思いうかんだのが、ここ法隆寺《ほうりゅうじ》に残《のこ》る天寿国繍帳《てんじゅこくしゅうちょう》、聖徳太子《しょうとくたいし》のきさきが伝《つた》える曼荼羅《まんだら》の織物《おりもの》。あのようなものを、わらわも残《のこ》したい。そして、この時代《じだい》にわらわが生きていたということを、永遠《えいえん》に知らしめたいと思うたのじゃ」

「ひとびとのしあわせを願《ねが》うのではなくて、ですか」と管主《かんしゅ》さまはいいました。

「仏法《ぶっぽう》では、そのような考えを煩悩《ぼんのう》と申《もう》します。色即是空《しきそくぜくう》、空即是色《くうそくぜしき》。この世《よ》は浮世《うきよ》、仮《かり》の世《よ》です。なのにどうしてごじぶんの名を高めようと思われるのか。そのような考えこそが人間を堕落《だらく》させるのだと釈尊《しゃくそん》はいっておられまするぞ」

「おだまりなさい！」と斎院《さいいん》は美《うつく》しいまゆをきりりと上げてするどい声でさけびました。それまでとはうってかわったような声といかりの形相《ぎょうそう》でした。

「こともあろうにわらわに説法《せっぽう》をするのか。わらわは斎院《さいいん》。皇女《こうじょ》なるぞ。もうよいわ。この寺に飼《か》われているという金剛虫《こんごうちゅう》を、今すぐにここへ持《も》ってきやれ。あとはすべてわらわが指図《さしず》する」

問答無用《もんどうむよう》でした。斎院《さいいん》には、管主《かんしゅ》さまのことばをきこうなどという気はなさそうでした。しかたなく、管主《かんしゅ》さまは「金剛虫《こんごうちゅう》」を持《も》ってくるようにいいつけました。

やがて、斎院《さいいん》の目の前に、うるしぬりのかざりをほどこした重箱《じゅうばこ》がうやうやしく差《さ》しだされました。おつきのものたちがふたを取《と》ると、中にはひとのこぶしほどの金色の虫が、おりからの日差《ひざ》しに目を射《い》るほどにまぶしい光をまきちらしながらあらわれたのでした。

「これが金剛虫《こんごうちゅう》か！」

斎院《さいいん》も息《いき》を飲《の》んでいます。それはとても生きている昆虫《こんちゅう》には見えませんでした。何か、神《かみ》のわざを持《も》った彫刻師《ちょうこくし》が金に細《さい》工《く》してつくったもののようです。

「生きているのか？」と斎院《さいいん》はたずねました。

「おそらく」と管主《かんしゅ》さまがいいました。

するとそのことばがきこえたかのように金剛虫《こんごうちゅう》は数本の足をふるふると動《うご》かしました。

「世《よ》の中《なか》にはふしぎなことがあるものじゃや。こんなめずらしい虫がいようとは」

「夢殿《ゆめどの》という東のお堂《どう》にて飼《こ》うておりまする」と管主《かんしゅ》さまはいいました。

「どんなものを食べておるのじゃ？」

「……斎院《さいいん》さま。この虫は、何も食べませぬが、長い年月を生きておるのです」

「何をばかなことを。食べないでどうやって生きておるのじゃ」

「わかりませぬ。しかし、じっさいにこうして生きておるのですから」

「それはけっこうなことだ、つまりは飼《か》うといってても手間はいらぬということじゃな？　ではさっそく、この虫をわらわが持《も》って帰ることにする。もちろんただで、とはいわぬ。礼《れい》としてねり絹《ぎぬ》百反《たん》。よいな」といって斎院《さいいん》はかん高い声を上げて笑《わら》いました。

「おおせとあらば」

「ところでもうひとつきいておく。このようにめずらしい虫がいったいどうやって、この寺にやってきたのじゃ？」

「この厨子《ずし》をつくるさい、全国《ぜんこく》の玉虫をつかまえて、法隆寺《ほうりゅうじ》におさめるようにと、国じゅうにおふれが出されました。やがてたくさんの玉虫が集《あつ》められたのですが、目的《もくてき》の厨子《ずし》をつくるには、まだ足りなかったそうです。そのときに、この虫が、千匹《びき》の玉虫をしたがえて、法隆寺《ほうりゅうじ》へと飛《と》んできたときいております。かくして玉《たま》虫厨子《むしのずし》は完成《かんせい》したのですが、この虫だけはあまりの美《うつく》しさゆえに、その羽が厨子《ずし》にはられることはありませんなんだ。斎院《さいいん》さま。この金剛虫《こんごうちゅう》は、虫の王なので、みだりに世《よ》の中《なか》に出してはいけない、と伝《つた》えられております。何ゆえに夢殿《ゆめどの》において飼《か》われているかと申《もう》せば、夢殿《ゆめどの》の結界《けっかい》を出たとたん、人間に悪《わる》いことが起《お》きるといわれているからでございます」

「ふん、たかが虫一匹《ぴき》に何をおびえておるか。そんなことは、この虫を世《よ》に出すまいとしたもののつくり話に決《き》まっておる。このような虫がこの世《よ》に多くいるのであれば、集《あつ》めて黄金《おうごん》の厨子《ずし》でもつくるところだが、どうやらめったにいるものでもなさそうじゃ。ならばこの虫の使《つか》い方をわらわがじっくり考えよう。よいな？」

管主《かんしゅ》さまはじめ、僧《そう》たちはみな斎院《さいいん》のことばに平伏《へいふく》しました。そして斎院《さいいん》は、金剛虫《こんごうちゅう》を持《も》って、意気揚々《いきようよう》とみやこへ帰ったのでした。

「そしてあの事件《じけん》が起《お》きたのです」

三人はあいかわらずかたずを飲《の》んできき入りました。

「これまでずっと夢殿《ゆめどの》の小さな箱《はこ》に入れられて飼《か》われていた金剛虫《こんごうちゅう》。それは飼《か》われていたというよりも、とらわれてとじこめられていたというほうがあたっていました。結界《けっかい》があったせいか、虫はどこへも行けず、ただじっとしていただけで、すでに三百年以上《いじょう》がたっていました。わたしたちは、あの虫が、動《うご》くこともせず、ずっとねむっていただけだから、斎院《さいいん》のもとで飼《か》われたとしてもさほど悪《わる》いことも起《お》きないだろうと思っていたのです。ところが、斎院《さいいん》が金剛虫《こんごうちゅう》をここから持《も》ってでたよく日、とんでもないことが起《お》きたのです。

法隆寺《ほうりゅうじ》にいついていたらしいスズメバチが、お堂《どう》の中や外からとつぜんあらわれ、まるでおこっているかのように、あちこちを群《むれ》をなして飛《と》び回りはじめたのです。そのようすは、何かにあやつられているかのようでした。……かれらは、法隆寺《ほうりゅうじ》の境内《けいだい》を飛《と》び回ったあとで、金剛虫《こんごうちゅう》が連《つ》れ去《さ》られたみやこの方角へと飛《と》び去《さ》りました。……それからほどなく、斎院《さいいん》の行列《ぎょうれつ》の日に、あんな事件《じけん》が起《お》きたというわけです」

「それはいったい何を意味《いみ》しているのですか？」と姫《ひめ》はたずねました。

「おそらくは、みやこに行った金剛虫《こんごうちゅう》が、こちらのスズメバチをよび、斎院《さいいん》にふ

くしゅうしようとしたのでありましょう」

「なるほど」と姫《ひめ》はいいました。「あの金剛虫《こんごうちゅう》だけでは、斎院《さいいん》へのふくしゅうができないのかもね。だから、斎院《さいいん》にとっての晴れ舞台《ぶたい》、葵祭《あおいまつ》りにあんなことをしたのかもしれない」

「葵祭《あおいまつ》りの行列《ぎょうれつ》を、スズメバチがおそったという話をきいて、わたしたちはそのスズメバチが、この法隆寺《ほうりゅうじ》から飛《と》び立ったものであると確信《かくしん》しました。そしてみやこへひとをやり、くわしいことをさぐらせました。そこで虫めずる姫《ひめ》、あなたのかつやくを知ったのです。……姫《ひめ》。斎院《さいいん》は金剛虫《こんごうちゅう》をふたたびわがものとして、やかたで飼《か》っているということです。あの事件《じけん》にこりるどころか、いちどにげた金剛虫《こんごうちゅう》がふたたび手に入ったので大喜《よろこ》びで、金剛虫《こんごうちゅう》を使《つか》って、何やらたくらんでいるというのです」

「わたしたちの見た、あのおぼうさんがからんでいるのね」と姫《ひめ》はいいました。

「それで、わたしがよばれたわけは？」

「まあ、お待《ま》ちください。じつは、夢殿《ゆめどの》というお堂《どう》、そう、あの金剛虫《こんごうちゅう》がおいてあったところですが、そこには毎日、あかりをつけたり、そうじのつとめをするものが寝《ね》とまりしております。どういうわけか、夢殿《ゆめどの》という名前がついた建物《たてもの》なのにこれまで夢殿《ゆめどの》で寝《ね》とまりしても夢《ゆめ》を見るものはいなかった。ところが、斎院《さいいん》さまに金剛虫《こんごうちゅう》を献上《けんじょう》してから、夢殿《ゆめどの》にとまったものはたてつづけにふしぎな夢《ゆめ》を見るようになったのです。その夢《ゆめ》のいくつかは、まったく同じ内容《ないよう》でした。すなわち、あの金剛虫《こんごうちゅう》によっておそろしいことが起《お》きる、早く取《と》りもどしてもとのように夢殿《ゆめどの》におかないととんでもない災厄《さいやく》が起《お》きる、そして、金剛虫《こんごうちゅう》を取《と》りもどすことができるのは、虫めずる姫《ひめ》とよばれる姫君《ひめぎみ》しかいないという夢《ゆめ》だったのです。そう。あなたがいつここへやってこられるかも、それらの夢《ゆめ》ははっきり教えてくれたのです」

「なんとふしぎな……」と姫《ひめ》はため息《いき》をつきました。「でも、とんでもないこと、というのはどういう……？」

するとと管主《かんしゅ》さまはいいました。

「あの虫を箱《はこ》から出してだいて寝《ね》たものは、その夢《ゆめ》がかなうというのです」

「まさか！」

「よい夢《ゆめ》であるなら、それがかなってもよいでしょう。しかし、悪《わる》い夢《ゆめ》ならなんとされますするか？」

「あのお方が見る夢《ゆめ》ですものねえ」と姫《ひめ》は葵祭《あおいまつ》りでかいま見た斎院《さいいん》の顔を思いだしながらいいました。「あんまりほかのひとにはやさしくなさそうだし……きっと今までも虫なんかいっぱいふみつぶしてきたにちがいないわ。ああいうひとって苦手《にがて》なのよね」

「それで」とこんどはハチ飼《か》いの翁《おきな》が口をはさみました。「管主《かんしゅ》さまは姫《ひめ》とわしらに何をせよとおっしゃるのかな？」

姫《ひめ》はおかしそうにいいました。「そんなことわかってるじゃない」

「わかりませんがね、おいらには」とけらら丸《まる》。

「金剛虫《こんごうちゅう》を、斎院《さいいん》のところから取《と》り返《かえ》してこの法隆寺《ほうりゅうじ》にもういちどもどすのよ」

「おっしゃるとおりです……できれば、あの斎院《さいいん》さまに気づかれないうちに、こっそりとそれをやっていただけるとよいのですが」と管主《かんしゅ》さまはいいました。

「それはちょっとむりな相談《そうだん》でしょう」とハチ飼《か》いの翁《おきな》がいいました。「われらに、どろぼうせよとおっしゃるのですか」

「ありえない。危険《きけん》です。斎院《さいいん》のやしきなんて、警備《けいび》はものすごいんだし」とけらら丸《まる》もいいます。

「もちろんのこと、危険《きけん》はしょうちのうえでお願《ねが》いしているのです」

するとと虫めずる姫《ひめ》はいいました。

「あいわかりました」

これにはけらら丸《まる》がびっくりしています。

「姫《ひめ》、本気でそんなことをいってるんですか？」

「相手《あいて》は皇女《こうじょ》の斎院《さいいん》だ。見つかったら島流《しまなが》しですよ。お父上まで同罪《どうざい》になる」

「わかってるわ」

「じゃあなぜ、そんなあぶないことを、わざわざやるんです？」と、けらら丸《まる》とハチ飼《か》いの翁《おきな》が声をそろえていいました。

「わたしはね」と虫めずる姫《ひめ》はいいました。「ちゃんと頭を使《つか》って、わたしにふりかかることはなんであれ、にげないで立ち向《む》かうつもりよ。そういう生き方をしたいからに決《き》まってるでしょ」

「虫が好《す》きで、虫めずる姫《ひめ》とよばれてるだけで、じゅうぶんそういう生き方をしてるってことになると思うんですがね、おいらは」と、けらら丸《まる》はため息《いき》をつきながらいいました。

❻ おとなりの姫君《ひめぎみ》

「めずらしいこともあるものねえ」と、おとなりのおやしきに住《す》んでいる「蝶《ちょう》めずる姫君《ひめぎみ》」は、虫めずる姫《ひめ》を見くだしたようにいいました。こちらも「三位《み》の中《ちゅう》将《じょう》のむすめ」というりっぱなよび名があり、若菜《わかな》というすてきな名前もついているのですが、虫めずる姫《ひめ》と同じように、あだなでよばれています。みやこでも有《ゆう》名《めい》な、美《うつく》しい姫君《ひめぎみ》で、いいよる貴族《きぞく》の男たちは数えきれません。

「いったいどういう風のふき回しかしら。日ごろ『チョウチョなんかが好《す》きなのは、

頭が悪《わる》いしょうこ。イモ虫や毛虫を見ていると真実《しんじつ》が見えてくる』とかなんとかいって、わたしのことをさんざんばかにしているそうじゃない？　わたしに用なんかないはずでしょ？　それともとうとうイモ虫にもあいそをつかされたのかしら？」

いきなり、蝶《ちょう》めずる姫君《ひめぎみ》はにくにくしげにいいました。

「んまあ、とととんでもない。姫《ひめ》さまのことを頭が悪《わる》いといったことなんかありませんです！　それに虫のほうには人間の好《す》ききらいはないですからあいそつかされたりしません」と虫めずる姫《ひめ》はにこりとつくり笑《わら》いをしながらいいました。

「そそっそれにチョウチョが虫のもっとも美《うつく》しいかたちであることは、だれも異《い》論《ろん》のないところですし、わたくしもかねがね、蝶《ちょう》の舞《ま》うすがたにはそそそ尊《そん》敬《けい》とかかか感嘆《かんたん》のねねね念《ねん》を禁《きん》じえないのでございます」

「あんた、慣《な》れないことというから舌《した》かむのよ」と蝶《ちょう》めずる姫君《ひめぎみ》はいって、ぐっと虫めずる姫《ひめ》に近づきました。「いったい何をたくらんでるの？　ほんとはあんた、宇治《うじ》の別荘《べっそう》にいるはずでしょ？　こっそりおしのびで、なんなのよ」

……そうなのです。今は真夜中《まよなか》。虫めずる姫《ひめ》は、蝶《ちょう》めずる姫君《ひめぎみ》にお会いしたい、という手紙をお昼に侍女《じじょ》に差《さ》し入れておいたのです。そこで侍女《じじょ》が、夜にこっそりうら門を開《あ》けてくれ、首尾《しゅび》よくしのんで入ることができたのでした。

このやり方は、平安時代《へいあんじだい》の貴族《きぞく》の男性《だんせい》が高貴《こうき》な女性《じょせい》に愛《あい》を告白《こくはく》するときの手つづきのとおりなのですが、こういった、男性《だんせい》のてびきのためには、侍女《じじょ》へのおくり物《もの》も必要《ひつよう》でしたし、何よりもこの姫君《ひめぎみ》へのおくり物《もの》を手紙にそえなければなりませんでした。

「でもまあ、あの螺鈿細工《らでんさいく》（うるしに宝石《ほうせき》のような貝などをうめこんだ細工《さいく》）のかんざしはみごとだったわ。あんなかんざしが手に入るんだったら、たとえ相手《あいて》が虫めずる姫《ひめ》であろうと、会わないわけにはいかないわよね」

螺鈿《らでん》のかんざしの効果《こうか》におどろきながら虫めずる姫《ひめ》は本題《ほんだい》を切りだしました。

「あのかんざしを気に入ってくださってわたしもうれしいです。そこで相談《そうだん》があるのですが、よろしいでしょうか？　……じつはですね、これはかなりむずかしいことだとは思うのですが」

それをきくと、蝶《ちょう》めずる姫君《ひめぎみ》はそっくり返《かえ》りました。

「このみやこの空の下でわたしにできないことはないわ。で、たのみってなんなのよ」

よくいうわよ、と虫めずる姫《ひめ》は思いました。たいして年はちがわないのですがプライドだけはどんなおとなもしっぽをまいてにげだすお姫《ひめ》さまです。

「じつは斎院《さいいん》のおやしきに入って、斎院《さいいん》のおそばにまいりたいのですよ」

「あんたが?」蝶《ちょう》めずる姫君《ひめぎみ》は目を丸くしていいました。「あそこの、大斎院《さいいん》のやしきへ? 女房《にょうぼう》として? まさか!」

女房《にょうぼう》というのは、天皇《てんのう》のおきさきなど、身分《みぶん》の高い女性《じょせい》につかえる、とくべつな使用人《しようにん》の女性《じょせい》です。

「その、まさか、なんですけど……あのですね、条件《じょうけん》がありまして、この先ずっと斎院《さいいん》の女房《にょうぼう》になりたいわけじゃないんです。ほんの数日、あそこにもぐりこみたいだけなんです……つまり雰囲気《ふんいき》をあじわいたいというか、しょうらいの参考《さんこう》にしようと思ってるだけなんで」

「むり! むりむり! あのね、知ってるかどうかわかんないけどさ、大斎院《さいいん》のところの女房《にょうぼう》ってのは、中宮《ちゅうぐう》(天皇《てんのう》のおきさき)のサロンに匹敵《ひってき》、いえ、そこよりもずっとレベルが高いと評判《ひょうばん》なのよ? こないだの和歌集《わかしゅう》にだって、あそこから十人もの女房《にょうぼう》の歌が入っているわ。あんたのように教養《きょうよう》のないむすめがやっていけるようなところじゃないのよ。わたしだって、今から斎院《さいいん》の女房《にょうぼう》になれといわれたら、ビビってにげだしちゃうと思うわ」

「わたしの教養《きょうよう》のレベルがどうだとおっしゃるんです？」

「たとえばね、『香炉峰《こうろほう》の雪はどうやって見るの』と、斎院《さいいん》さまがおっしゃったら」

「『こうやって見るのです』とさっとすだれを上げて庭《にわ》の雪を見せるんでしょ」

姫《ひめ》はすかさずいいました。中国《ちゅうごく》の詩《し》の中に、『香炉峰《こうろほう》の雪はすだれを上げて見る』というもんくがあることを知っていた女房《にょうぼう》、清少納言《せいしょうなごん》が、そうやって中宮《ちゅうぐう》た

ちにほめられたという話が『枕草子《まくらのそうし》』というエッセイ集《しゅう》に出てきます。

「あんた、『枕草子《まくらのそうし》』読んだのね。まあいちおう、基本的《きほんてき》な知識《ちしき》だけはあるようね」と蝶《ちょう》めずる姫君《ひめぎみ》はいいました。虫めずる姫《ひめ》がまんざら何も知らない小むすめでないことだけはわかったようです。

「女房《にょうぼう》や侍女《じじょ》じゃなくてもいいんです、とにかくあの斎院《さいいん》のおやしきにどういうかたちでもいいからもぐりこめればいいんですけど」

すると蝶《ちょう》めずる姫君《ひめぎみ》はいいました。

「ああそうだ。思いだした。うちにね、斎院《さいいん》の女房《にょうぼう》をしているものがいるの。つまり女房《にょうぼう》のかけもちなんだけど、こないだ、斎院《さいいん》から帰ったときに、気のきいた女童《めのわらわ》（めし使《つか》いの少女）がほしい、といってたの。このところ飛《と》ぶ鳥を落《お》とすいきおいの斎院《さいいん》だから、人手が足りないのは当然《とうぜん》だわ。でもあんたが女童《めのわらわ》になれるわけもないしねえ」

「なります」と虫めずる姫《ひめ》はきっぱりといいました。「女童《めのわらわ》でもなんでもいいんです、あそこに入りさえすれば」

「まじ〜〜？　うそでしょう？」と蝶《ちょう》めずる姫君《ひめぎみ》はのけぞりました。貴族《きぞく》の姫《ひめ》が女童《めのわらわ》をしてみたいなんて、ありえない話です。

「おとなの女房《にょうぼう》のかっこうをするよりはそのほうが自然《しぜん》かと思うので」

「じゃあしょうかい状《じょう》を書いたげる。女童《めのわらわ》になったって、どうせすぐに、あそこのあまりの教養《きょうよう》の高さに悲鳴《ひめい》を上げてにげだすとは思うけどね。ちょっと待《ま》って」といいながら、蝶《ちょう》めずる姫君《ひめぎみ》は手もとにあった筆《ふで》を取《と》ると、白い紙にさらさらと何かを書きつけました。

「これをね……斎院《さいいん》のおやしきへ行って、『春野《はるの》』という名前の女房《にょうぼう》にわたしなさい。すぐにとおしてくれるはずだから」

「ありがたきしあわせ。もうしあわせすぎてなみだが出そうでございます」

「ぶじにおつとめが終《お》わったら、螺鈿《らでん》のかんざしをもう一本ちょうだい」

「……あい」


姫《ひめ》が外に出ると、けらら丸《まる》が牛車《ぎっしゃ》の前で待《ま》っていました。

「いかがでしたか、首尾《しゅび》は」

「今のところは上々よ。でも勝負《しょうぶ》はこれから」

⑦ 斎院《さいいん》のやかた

「ここがすいじ場。しばらくはここで飯《めし》たきの手伝《てつだ》いをしておくれ。それが終《お》わったら、わたしの部屋《へや》にやってきて、雑用《ざつよう》をするの。最初《さいしょ》のうちはかってがわからないでしょうから、わたしが何かたのむまではだまって見ていることね。おぼえておかなければいけないことは山ほどあるから……」と蝶《ちょう》めずる姫君《ひめぎみ》にしょうかいされた「春野《はるの》」という名の女房《にょうぼう》はいいましたが、かのじょがいい終《お》わらないうちに虫めずる姫《ひめ》はいいました。

「筆《ふで》、すみ、すずりなどの文箱《ふばこ》、うちか

け、ひとえなどの衣類《いるい》の整理《せいり》とその保管《ほかん》、そして書物《しょもつ》や贈答《ぞうとう》の布《ぬの》などをまとめることと、毎日それらのそうじをすること、それから女房《にょうぼう》さまの身《み》のまわりの世話《せわ》でございますね？」

「よくできました。さすがは姫君《ひめぎみ》の折《お》り紙《がみ》つきだけのことはあるわ」

「男性《だんせい》のてびきもいたすのでございましょうか？」

「しっ！」と女房《にょうぼう》は口に指《ゆび》をあてました。「それはつねのおやしきのことよ。ここは神《かみ》につかえる斎院《さいいん》のやかた。つまり男性禁止《だんせいきんし》。わかったわね」

「あのう」

「なあに？」

「斎院《さいいん》さまにはお目どおりはできないのでしょうか？」

「女童《めのわらわ》にはそんな機会《きかい》はめったにないわよ。しばらくはいわれた仕事《しごと》をがんばってやりなさい」

「あい」

女童《めのわらわ》としてここにやってきたからには、春野《はるの》のいうとおりにふるまわねばなりません。斎院《さいいん》に会うのはかなりむずかしそうでした。

「当分は女童《めのわらわ》の仕事《しごと》をやるしかないなあ」と姫《ひめ》はつぶやきました。

虫めずる姫《ひめ》は小さいときから侍女《じじょ》や女童《めのわらわ》とは仲《なか》がよく、その仕事《しごと》や内容《ないよう》もじゅうぶんわかっていました。ゆくゆくはだんなさまにじぶんの手料理《てりょうり》をつくって食べさせることも考えていたくらいです。でも、そんなことをしたら相手《あいて》の男性《だんせい》は目を回してしまうでしょう。この時代《じだい》の貴族《きぞく》の女性《じょせい》は、書物《しょもつ》を読んだり、歌をよんだり、楽器《がっき》をかなでたり、貝あわせの遊《あそ》びをするなどのしゅみのほかは何もせず、結婚《けっこん》してからも日常《にちじょう》生活のこまごましたたくや育児《いくじ》まで、いっさいしもべのものがやるのです。姫《ひめ》はそんな世《よ》の中《なか》にぎもんを持《も》っていましたが、しもべの仕事《しごと》をうばうわけにもいかないのでだまってやってもらっていました。でも、かれらのやっているこまごました仕事《しごと》にとても興味《きょうみ》があったので、何度《ど》か、むりやりたのみこんでやらせてもらったことがあり、ごはんをたいたり、料理《りょうり》をつくったり、家のそうじなどはけっこうとくいでした。そこらへんの女童《めのわらわ》がやれるようなことで、姫《ひめ》のやれないことはないからです。

斎院《さいいん》のやかたは、貴族《きぞく》のやしきとしてはかなり広い姫《ひめ》のやしきにくらべても、目を見はるほどの大きさでした。

すいじ場ときたら、大きなかまどだけでも十か所以上《しょいじょう》すえてあり、大勢《おおぜい》のめし使《つか》いたちがいそがしそうに働《はたら》いています。なるほど、今をときめく斎院《さいいん》の台所《だいどころ》だけあって、ここにつかえる多くのひとの食事《しょくじ》をいっせいにつくるわけですから、大きいのも当然《とうぜん》でした。

姫《ひめ》は春野《はるの》に連《つ》れられて、すいじ場の親方にしょうかいされ、朝のうちはここで働《はたら》くことになりました。親方はいかにも働《はたら》きものといった感《かん》じの中年の男でしたが、どこかいらいらしているようすでした。

「新しい子かね、朝飯《あさめし》のしたくの手伝《てつだ》いをしてくれるんだってな。いやあ、助《たす》かるよ、ここんとこ人手が足りなかったから。三番かまどと、四番かまどの火の番をたのめるかな。やり方はだいじょうぶだな？　そうそう名前はなんというんだい、むすめっ子」

「とんぼとよんでください」

「じゃあ、がんばってくれ、とんぼ！　おこげだったらすこしくらいならつまんでもいいからな。役《やく》とくってやつだ」

というわけで、虫めずる姫《ひめ》は「とんぼ」という名前で下働《したばたら》きをすることになったのでした。

かまどの火の番もけっこうたいへんな仕事《しごと》で、上手《じょうず》にごはんがたけるかどうかは火の番をする人間のうでしだいなのですが、虫めずる姫《ひめ》にとってはこんなことはお手のものでした。そこがふつうの貴《き》族《ぞく》のむすめとちがって、なんでもやってみずにはすまない虫めずる姫《ひめ》らしいところです。三番と四番のかまどの火を上手《じょうず》につけて、まきをくべると、あとは火ふき竹を使《つか》って火かげんをしなければなりません。

虫めずる姫《ひめ》のとなりで、三つのかまど

の番をしている少年が、いきなり親方に「こらあ！　火が消《き》えそうになってるじゃないか！」とおこられています。見るとかまどの火つけ口からなんだかもくもくとけむりが出ています。少年は顔を真《ま》っ赤《か》にして火ふき竹で空気をふきこもうとしましたが、まきがしめっているのか、うまく燃《も》え上がりません。そのうちそのとなりのかまども消《き》えそうになったので、姫《ひめ》は見かねて口を出しました。

「こんなにぎっしりまきをつっこんだら、空気が入らないでしょ。すこし空気のとおり道をつけないと、いい火にならないのよ」などといいながら手《て》伝《つだ》っていると、あっという間に朝の時間がすぎていきます。

すすで顔を真《ま》っ黒《くろ》にした少年はいいました。

「とんぼ、っていったっけ、悪《わる》かったな。おかげであれからは親方にしかられないですんだよ。おいら、赤《あか》べこってんだ。すいじは苦手《にがて》でさ。ほかのことだったらいくらでも手《て》伝《つだ》ってやるから、なんでもいってくれ」

「あら、ありがとう。赤《あか》べこはこれから何をするの？」

「人間の食事《しょくじ》のしたくが終《お》わったから、これから牛の食事《しょくじ》さ。おいら、ここの牛飼《か》いなんだ。こっちの手が足りないってんで、手《て》伝《つだ》わされてるんだよ。牛は別《べつ》に人間みたいににたりたいたりしないでも、ちゃんと飯《めし》は食うのに、人間はやっかいなもんだよな」

そういって赤《あか》べこは笑《わら》いました。あどけない、かわいい笑顔《えがお》です。

「いつもは、この斎院《さいいん》のおやしきで働《はたら》いてるものはもっと元気なんだけど、最近《さいきん》ちょっと変《へん》なんだよな。親方もちょっといらいらしてるのさ。あんた、悪《わる》いときに来たもんだよ」

「わたしは平気《へいき》だけど、でもどうしてみんないらいらしてるの？」

するとと少年は声をひそめていいました。

「……ここだけの話、最近《さいきん》おかしなことが起《お》きてるのさ、このやかたでは」

「おかしなこと？」

「いつぞや、葵祭《あおいまつ》りの日に斎院《さいいん》さまの行列《ぎょうれつ》がスズメバチにおそわれたことがあっただろ。あれもきっと関係《かんけい》してるんじゃないかな。あれからだよ。あんたもひと晩《ばん》ここで寝《ね》てみるとわかるよ。夜中にみょうなことがあるっていううわさなんだ。だけど、だれも何が起《お》きているかわからない。とにかく、朝起《お》きたら、なんだかみんな気分が悪《わる》くて、すっきりと起《お》きられないのさ。夜中に、じぶんが見てる夢《ゆめ》を何か悪《わる》い妖怪《ようかい》に食われているんじゃないかというひともいるんだけどね」

「夢《ゆめ》を……妖怪《ようかい》に食われている？」

「おいらも以前《いぜん》は夢《ゆめ》を見たのに、ここんとこ見たっておぼえがないんだよなあ……ま、それはいいけどさ、もう庭《にわ》を見たかい？」

「庭《にわ》？」

「ああ。きっとあとでとおるから見ておきな。今、斎院《さいいん》さまは法隆寺《ほうりゅうじ》にある『夢《ゆめ》殿《どの》』っていうお堂《どう》ににせた建物《たてもの》をつくろうとしているんだとさ。それは八角形で、どこから見てもかんぺきな観音堂《かんのんどう》なんだそうだ」

「観音堂《かんのんどう》？」

「しっ！　それも大きな声じゃいえないんだよ。斎院《さいいん》さまが、こともあろうに仏《ぶっ》教《きょう》のお堂《どう》を建《た》てるなんてことが世《よ》の中《なか》にばれてはいけないらしいんで、口どめされてるのさ。でも別《べつ》に斎院《さいいん》さまが仏法《ぶっぽう》に帰依《きえ》したわけじゃないんだよ。そうではなくて、その、夢殿《ゆめどの》のごりやくを、そっくりわがものにしたいからそうするんだという話さ」

「夢殿《ゆめどの》のごりやくって？」

「そこにとまって夢《ゆめ》を見ると、その夢《ゆめ》が正夢《まさゆめ》になるんだとか」

「まさか」

「だからさ。夢殿《ゆめどの》を建《た》てるとそういうことになるんだっていうんだよ」

「変《へん》なの」

斎院《さいいん》はスズメバチの件《けん》で、あの虫がそのままおいておけば危険《きけん》な虫だということがわかったのではないでしょうか。そのために法隆寺《ほうりゅうじ》の夢殿《ゆめどの》と同じ建物《たてもの》をつくることにしたのではないかと姫《ひめ》は思いました。

「だれがそんなことを斎院《さいいん》さまに教えたの？」

「以前《いぜん》、法隆寺《ほうりゅうじ》にいたっていうぼうさんが、今、斎院《さいいん》さまのお気に入りなのさ。虫の世話《せわ》をしてるから松虫法師《まつむしほうし》ってよばれてる。そいつがいろいろ斎院《さいいん》さまにふきこんでいるっていううわさだよ」

「なるほど」

姫《ひめ》はうなずきました。ここに来て、まだわずかな時間なのにいろんなことがわかってきそうで、わくわくします。

「ありがとう、赤《あか》べこ。これからもいろいろ教えてね」

それから姫《ひめ》はすいじ場の土間《どま》にしつらえられた板《いた》じきの上でみんなといっしょに朝ごはんを食べました。

朝食はまだ熱《あつ》い玄米《げんまい》がゆ、梅《うめ》ぼし、ニシンという魚のひもの、それから今朝《けさ》はとくべつに出たという牛の乳《ちち》を発酵《はっこう》させた「蘇《そ》」という食《た》べ物《もの》が出ました。それでは足りない男たちは、かまどのそばへ行って、かまにこびりついているおこげを分けてもらって、お湯《ゆ》をかけて食べています。

「ここはごはんだけはたんとあるからね、たくさんおあがり」と姫《ひめ》のとなりで食《しょく》事《じ》している下働《したばたら》きの女がいいました。

「さすがに斎院《さいいん》さまのおやしきですねえ」

「まあね」と女はいいました。「食べていけるってことはいちばんだいじなことだからね。でもさ。こういっちゃなんだけど、斎院《さいいん》さまとかほら、とりまきの女《にょう》房《ぼう》たちの食べてるのは、こんなものじゃないよ」

「ええ」だいたいの見当はつきます。このごろは、貴族《きぞく》の食事《しょくじ》は年々ぜいたくになってきて、以前《いぜん》は考えられもしなかった食《た》べ物《もの》も増《ふ》えています。食卓《しょくたく》にのぼる品々《しなじな》も増《ふ》えていましたが、それらはやはり貴族《きぞく》だけのもので、なかなかしもじもが食べられるものではありませんでした。

「それにしても……」と、その女はふしぎそうな顔でいいました。「あんた、どっかで見たことがあるような気がするんだけど」

「ええー、こちらに来るのははじめてですよ。どこでですか？」

「この前、ほら、賀茂神社《かもじんじゃ》の祭《まつ》りの行列《ぎょうれつ》をスズメバチがおそったでしょう。あのとき、わたしたちを助《たす》けてくれた、観音《かんのん》さまのおつかいのような女の子がいたのさ。なんでもどこかの大納言《だいなごん》さまのお姫《ひめ》さまだとかいってたけど、あんた、どことなく面立《おもだ》ちがにているような気がするよ」

そういえば、先日のスズメバチ事件《じけん》では、姫《ひめ》はこのひとたちの前に顔をさらしていたのでした。

「ま、まさか、ふつうの女童《めのわらわ》の顔ですよ」

「そりゃそうだ、大納言《だいなごん》さまの姫君《ひめぎみ》がこんなところの下働《したばたら》きをするわけがないものねえ」

「いたら、とんでもないかわりものですよね」と姫《ひめ》はいって、そそくさとその場を去《さ》りました。冷《ひ》やあせが出てきます。

すいじ場を出て、ろうかに上がり、春野《はるの》に教えられたおくの建物《たてもの》に行くとちゅう、中庭《なかにわ》に小さな建物《たてもの》が見えました。まだ工事《こうじ》中らしく、丸太《まるた》の足場を組んであり、職人《しょくにん》たちがいそがしそうに働《はたら》いています。

建《た》てられていたのは、小さいお堂《どう》でした。まるで仏教《ぶっきょう》のお経《きょう》の本をおさめる建《たて》物《もの》のようです。

「おもしろいかたちだろう」という声にふり返《かえ》ると、ひとりの男が立っています。頭はそっていて、おぼうさんのかっこう。目がぎょろっとしています。

「あれは上から見ると八角形でね。法隆寺《ほうりゅうじ》の夢殿《ゆめどの》ににせてあるんだ。もちろん夢《ゆめ》殿《どの》と同じではなくて、いろいろかえてあるんだがね」

「あ……あのう、女房《にょうぼう》さまのお部屋《へや》へ行くとちゅうなんですけど、そのう、庭《にわ》に何かが建《た》ってるのでつい」と姫《ひめ》は弁解《べんかい》しましたが、男はそんなことは気にしていないというふうにつづけました。

「あそこには観音《かんのん》さまをまつるわけでもなく、お経《きょう》を入れるわけでもなく、またお釈迦《しゃか》さまの遺骨《いこつ》である仏舎利《ぶっしゃり》を入れるわけでもない。何を入れるかというとな、大きな虫を入れるのさ。その虫はなあ、夢《ゆめ》をかなえてくれるという、それはそれ

は霊験《れいげん》あらたかな、ふしぎな虫なんじゃ」

「夢《ゆめ》をかなえてくれる虫……」

「ふっふっふ。そうさ。あの虫さえいれば、斎院《さいいん》さまは思いのまま、好《す》きなことができるというわけだ、あの夢殿《ゆめどの》で、虫といっしょにひと晩寝《ばんね》れば」

なるほど、この男が、斎院《さいいん》に金剛虫《こんごうちゅう》のことをふきこんだ法隆寺《ほうりゅうじ》の僧《そう》なのだと姫《ひめ》は思いました。そのとおりでした。

「わしがこうしてこのおやしきにいられるのも、あの虫のおかげさ。……その昔《むかし》、わしは法隆寺《ほうりゅうじ》の夢殿《ゆめどの》で、あの虫をこっそり箱《はこ》から出してだいて寝《ね》たことがある。そしたら、そのよく日さっそく、わしはみやこからよびだされて、宮中《きゅうちゅう》につかえることになったんだ。それからはとんとんびょうしさ」

「でも……あの虫のせいで、斎院《さいいん》さまはあぶない目にあわれたのではないのですか?」

そういえば、スズメバチ事件《じけん》のときに、けらら丸《まる》が射落《いお》とした金剛虫《こんごうちゅう》を拾《ひろ》って、斎院《さいいん》に差《さ》しだしていたのはこの男だったと、姫《ひめ》は思いだしました。

「あのときはうっかりしていた。虫はほとんど動《うご》かないからにげたりしないと思っていたのさ。だが、あれからわしは古い書物《しょもつ》で調《しら》べたのさ。あの虫には、弱みがある。夢殿《ゆめどの》ににせたお堂《どう》さえ完成《かんせい》すれば、あやつるのはかんたんだ」

「その虫はあのお堂《どう》の中にいるんですか？」

「いやいや。もうすこしたってからな。今はとりあえず小さな箱《はこ》にかぎをかけてとじこめてあるよ。だが虫もそうとうおこっているから早くお堂《どう》を完成《かんせい》させて、そこに入れなければならん」

「だいじょうぶなんですか？　何か悪《わる》いことが起《お》きないのでしょうか」

「悪《わる》いことなど起《お》きるものか……なんせ夢《ゆめ》をかなえてくれるんだぞ。あの虫がいなかったら、わしは今ごろまだ法隆寺《ほうりゅうじ》で、まずしい飯《めし》を食らい、苦《くる》しい修行《しゅぎょう》をつづけさせられていたことだろう」

「でも。おぼうさまが、食事《しょくじ》の不満《ふまん》や、修行《しゅぎょう》のつらさをいうのは変《へん》です。それはすべて、さとりを開《ひら》くための修行《しゅぎょう》ではないんですか？」

するとと男は顔色をかえました。

「知ったようなことをいうな！　おまえだっておとなになればわかるわい。世《よ》の中《なか》には、いろいろな楽しみがあるんじゃ。酒《さけ》を飲《の》む、うまいものを食う、よいところに住《す》む、いい女を……なあ、人間として生まれたからにはそれを楽しまなくてどうする。楽しいことをしてこその人生ぞ。それがかなうためならなんでもするわい」

「そんなことをいってたらきりがないいんじゃないいんですか？　わたしだったら」と姫《ひめ》はいって、ちょうどそのときろうかの手すりにはっていたカタツムリを指《ゆび》にはわせていいました。「このカタツムリを見てるだけで、じゅうぶんしあわせにもなるし、楽しむこともできるわ」

「ほんとうの飢《う》えを知らないやつはそれでいいだろうよ」と、むっとした表情《ひょうじょう》で男はいって、姫《ひめ》の指《ゆび》からカタツムリを取《と》

り上げると、いきなりぽいとそれを口に入れてかみつぶし、ごくりと音をたてて飲《の》みこみました。

「な、なんてことを……」

「修行《しゅぎょう》だ？　さとりだ？　そんなものは、おのれが生きるために地獄《じごく》を見たことのないもののせりふだ」

「地獄《じごく》？」

「どんなに仲《なか》のよい家族《かぞく》も飢《う》えでおたがいに殺《ころ》しあいをすることだってあるんだぞ。わしらはみんな、じぶんのために生きるのよ。じぶんがどれだけいい思いをするかってことだけが生きることの意味《いみ》だ」

それからあっけにとられている姫《ひめ》をしり目にどすどすと音をたててろうかを歩いていきました。姫《ひめ》はつぶやきました。

「いくら地獄《じごく》を見たからって……カタツムリ食べちゃうなんて許《ゆる》せない！」

❽ 東か西か

それからしばらくして、中庭《なかにわ》の建物《たてもの》が完成《かんせい》したたという話をきいた日でした。

「きょうは、斎院《さいいん》さまのお部屋《へや》にあなたもついてきていいわよ」と春野《はるの》がいったのです。姫《ひめ》は喜《よろこ》んで、春野《はるの》のあとにしたがって、いつもは入れないおくの部屋《へや》へとついていきました。

わたりろうかをとおって、大きな庭《にわ》に面《めん》した部屋《へや》に足をふみ入れたとき、姫《ひめ》は思わずため息《いき》をつきました。

そこは、姫《ひめ》がいつも想像《そうぞう》していた天皇《てんのう》のきさきのサロンそのものだったのです。

姫《ひめ》が想像《そうぞう》していたサロンというのは、まず中心となるおきさきがおくの台座《だいざ》にすわり、その下の大きな部屋《へや》に、何人かの美《うつく》しい女房《にょうぼう》たちがいつでもおきさきのことばがきけるようにとひかえている、そんなところでした。

こういった女房《にょうぼう》たちのサロンこそ、貴族《きぞく》の女性《じょせい》たちがもっともあこがれた場所《ばしょ》でした。そこは当代《とうだい》の男たちのうわさ話に花がさき、わざをつくした華麗《かれい》な歌がよみかわされ、そしておきさきの父親たる、ときの権力者《けんりょくしゃ》がひんぱんにおとずれて、国全体《ぜんたい》にかかわる重要《じゅうよう》なことが語られたりする、平安《へいあん》の世界《せかい》の中心ともいえる場所《ばしょ》です。しかしふつう、これらのサロンでのもっとも重要《じゅうよう》な目的《もくてき》は別《べつ》にありました。つまり、おきさきにつぎの天皇《てんのう》になる子どもが生まれるかどうか、そのためにおきさきの夫《おっと》であるみかどが、おきさきのことをつねに愛《あい》しているかどうかということでした。みごとな歌をよんだり、ひねった会話でじぶんの知識《ちしき》をひけらかすのも、みかどがおきさきのところに来てくれることを願《ねが》うがゆえの、たたかいのひとつだったのです。なぜならみかどには何人ものおきさきがいて、ライバルとしてあらそっていたからです。みかどをひきつけるために、それぞれのおきさきのサロンはつねに世界《せかい》の中心でなければなりません。ここで語られる話《わ》題《だい》は貴族《きぞく》のひとびとにとってもっともおしゃれで、すてきなものでなければならないのには、そういうわけがあったのです。

　ですから、おきさきが「ねえ、春の季節《きせつ》で、いちばんすてきなときって、一日のうちでいつかしらねえ？」と質問《しつもん》すると、「そうですね、春の季節《きせつ》であれば、夜明け、すなわち『あけぼの』こそいちばんすばらしいときでございます。雲はむらさき色に輝《かがや》き、ほそくたなびいて山のかげがすこしずつ白《しら》んでいきます」と、だれもが「なるほど」とうなるような、すぐれたこたえを返《かえ》す女房《にょうぼう》がほめそやされました。斎院《さいいん》は天皇《てんのう》のきさきではありませんが、そのような女房《にょうぼう》たちがたくさんつかえているサロンとして有名《ゆうめい》で、貴族《きぞく》たちの尊敬《そんけい》を集《あつ》めていました。

　いよいよ、その女房《にょうぼう》たちのサロンにデビューだわ、と姫《ひめ》は思い、わくわくしました。じっさいにデビューするのはまだまだ先のことでしょうが、今のうちに見ておくことはためになるにちがいありません。

　女房《にょうぼう》の春野《はるの》に連《つ》れられて入った部屋《へや》のおくに、いちだん高くなった別《べつ》のおざしきがあり、そこには四角い箱《はこ》のようなすだれの囲《かこ》いがしてあります。すだれは麻《あさ》で編《あ》んで、あい色に染《そ》め上げられていました。あいにく斎院《さいいん》のすがたは見えませ

ん。大部屋《べや》には五人の女房《にょうぼう》たちが十二単《じゅうにひとえ》というごうかな服《ふく》をきて思い思いにすわっていましたが、入ってきた春野《はるの》を見、姫《ひめ》をちらっと見ただけでそのまま語らいをつづけています。春野《はるの》もその場にすっととけこむようにすわりました。話しているひとに向《む》かって、前からきいていたかのようにうんうんとうなずいています。そんなふうに話題《わだい》に入っていくしきたりのようでした。

やがて姫《ひめ》の耳にも女房《にょうぼう》たちの話がきこえてきました。それはときの貴族《きぞく》たちのうわさ話でもなければ、また、今どき世上《せじょう》をにぎわしている東国《とうごく》（関東《かんとう》地方）や九州《きゅうしゅう》のさまざまな話題《わだい》でもありませんでした。

「やはりトラではないのかしら？　トラを家で飼《か》うというのはどう？」

「トラねえ、それはすごいわね。でも、トラよりもいいものがあるはずよ」

「ゾウかしら。絵巻物《えまきもの》で見たことしかないわ」

「麒麟《きりん》というものだっているでしょう」

「みんなちがうわ。そんなものでは斎院《さいいん》さまはなっとくされないはずよ」

「あら、今まで出てきたどれひとつだって、たとえ夢《ゆめ》であっても見ることができたとしたらすごい話だわ」

なんの話をしているんだろうと姫《ひめ》がやきもきしていると、ころあいを見はからって春野《はるの》が割《わ》って入りました。

「ねえ、みなさんそれはなんのお題《だい》なのかしら？」

「斎院《さいいん》さまがね」と、ひときわあでやかな十二単《じゅうにひとえ》をまとい、親もとの財産《ざいさん》がものすごいことを見せつけている女房《にょうぼう》が春野《はるの》を見ていいました。「もっともすばらしい夢《ゆめ》を教えてくれたものには、ほうびを取《と》らせるとおっしゃったの。今までにだれも見たことがないような夢《ゆめ》であれば、その夢《ゆめ》を気の遠くなるほどの値《ね》で買い取《と》りましょうとおっしゃるのよ」

「なんとなんと、斎院《さいいん》さまの土地の中でも、五穀《ごこく》の実《みの》りがもっともゆたかだという、紫香楽《しがらき》の里をくださるかもしれないんですってよ」

「それでみなさん、夢《ゆめ》の話でもり上がってたのね」と春野《はるの》がいいました。「でも、あいにく夢《ゆめ》だけは、じぶんの思いどおりにならないから、いくらすごい夢《ゆめ》を見ようと思っても、そんなわけにいかないでしょう」

「そこよ」と、先ほどの女房《にょうぼう》がいいました。「たしかに、あなたのおっしゃるとおりなんだけどね。夢《ゆめ》にはもうひとつ特徴《とくちょう》があるでしょ？　あなたがいったように、見る夢《ゆめ》がどんなものかは見るまではわからないし、どうすることもできないわけだけど、かんじんのその夢《ゆめ》は、見た本人にしかわからないのよ」

すると五人の女房《にょうぼう》はいっせいにそでを口もとにあてて「おほほほほほほ」と笑《わら》いました。春野《はるの》がいいました。

「つまり、見たという夢《ゆめ》がうそであったとしても、本人以外《いがい》だれにもわからないということね？」

「そういうことよ」

「でもそんなことを斎院《さいいん》さまがごぞんじないと思う？」

春野《はるの》がいうと、女房《にょうぼう》たちは顔を見あわせてだまりました。

「斎院《さいいん》さまはとっくにお見とおしのうえでわたしたちにおっしゃったのかしら？」とひとりの女房《にょうぼう》がいいました。すると、

「わたしたちの話すのが、ほんとうに見た夢《ゆめ》なのかどうか、斎院《さいいん》さまにはわかるのよきっと」と、いちばんわけ知り顔の女房《にょうぼう》がいいました。

「あら、どうしたらそんなことがわかるわけ？」

「きっと夢《ゆめ》うらないの知りあいがおありなのよ。夢《ゆめ》うらないだったら、きっとたちどころにその夢《ゆめ》がほんとうかうそかくらいはわかるわ」

「なるほどねえ」と、みんながうなずきました。「夢《ゆめ》うらない」というのは、その名のとおり夢《ゆめ》のうらない師《し》です。悪《わる》いと思っていた夢《ゆめ》が、夢《ゆめ》うらないに見てもらったらそうでもなかったので、ほっとしたと書いてある女房《にょうぼう》の日記もあります。

「それに、いくらすごい話を思いついたとしても、それを夢《ゆめ》に見ましたといって斎院《さいいん》さまの前でお話しする度胸《どきょう》はないわねえ」と春野《はるの》。

みんな、ふかぶかとうなずきます。姫《ひめ》はその顔を見て、女房《にょうぼう》たちが内心《ないしん》ではそうとう斎院《さいいん》をこわがっているようだと思いました。春野《はるの》はつづけていいました。

「で、みなさんはどんなすごい夢《ゆめ》を見たことがあるのです?」

すると女房《にょうぼう》たちは口々にじぶんの見た夢《ゆめ》の話をはじめました。それこそ、夢《ゆめ》ですからたあいのない話ばかりで、食べたこともないほどおいしい山イモのかゆをおなかいっぱい食べて、もういやになったというのや、急《きゅう》にみごもって子どもをいちどに五人も産《う》んでしまったとか、帰ったらじぶんのやしきがあれはてて草ぼうぼうになっていたなど、ありがちな夢《ゆめ》が多かったのですが、最後《さいご》に話しだした女房《にょうぼう》の夢《ゆめ》の話には、みんな顔を見あわせました。それは斎院《さいいん》のかわりに、葵祭《あおいまつ》りで輿《こし》に乗《の》って都大路《みやこおおじ》をねり歩いていたという、いささかふとどきな夢《ゆめ》だったからです。

そこへ、斎院《さいいん》がお出ましになりました。ふつう、おきさきのサロンではお出かけのときには女房《にょうぼう》たちもいっしょですが、ここでは斎院《さいいん》がひとりで出かける場合もずいぶんあるようです。

「みんなつづけなさい、わらわも、すこしはそこできましたよ、みなの夢《ゆめ》の話」と斎院《さいいん》がいったので、たった今ふらちな夢《ゆめ》を話した女房《にょうぼう》はええといって顔色をかえました。いきなりその場につっぷして、

「お許《ゆる》しくださいさい、斎院《さいいん》さま！」とさけびます。

「いいのよ、夢《ゆめ》の話だもの。それだけ内侍介《ないしのすけ》が正直だということだから」と斎院《さいいん》は、そんなちっぽけなことは気にもしていないというようにあでやかに笑《わら》いました。そこでみなが、口々に斎院《さいいん》のおおらかさをほめそやします。その女房《にょうぼう》たちのごきげんの取《と》り方のうまさは、姫《ひめ》にはとてもまねのできないものでした。けれど斎院《さいいん》の目はぜんぜん笑《わら》っていません。

「そういえば」と斎院《さいいん》が、姫《ひめ》をちらと見ていいました。「新しい女童《めのわらわ》が入ったのね、式部《しきぶ》の侍女《じじょ》なのですか？」式部《しきぶ》というのはここでの春野《はるの》の通称《つうしょう》のようです。

「さようでございます。朝方はすいじ場を手伝《てつだ》わせております」

「夢《ゆめ》は、子どものほうがすばらしいものを見るのよ。その女童《めのわらわ》に、どんな夢《ゆめ》を見たかきいてごらん」

斎院《さいいん》がまっすぐに姫《ひめ》を見つめていいました。春野《はるの》がいいました。

「どうなの、どんな夢《ゆめ》を見たのかいってごらん」姫《ひめ》は女童《めのわらわ》という身分《みぶん》なので、直《ちょく》接斎院《せっさいいん》に対《たい》して話すことはできません。さて、どういったものかと案《あん》じながら姫《ひめ》は春野《はるの》に向《む》かっていいました。

「……ええと、こないだ見た夢《ゆめ》ですけど。山からこびとのきこりが何十人もやってきて、いきなりみんながおのをふりかざして、御所《ごしょ》の柱《はしら》を切りたおしにかかったのです。柱《はしら》が切られてしまって、御所《ごしょ》が音をたててたおれてしまったところで目がさめました」

「ほほほほほほ」と斎院《さいいん》が声を上げて笑《わら》いました。

「こここ、このものは、きょうこちらに上がったものですから、わけもわからずたいへん失礼《しつれい》なことを」と春野《はるの》があせっています。みかどの住《す》まいである御所《ごしょ》がたおれるなど、とんでもない話です。けれど斎院《さいいん》はおおらかにいいました。

「おもしろい。やはり子どもはあなどれないのう。ではその女童《めのわらわ》に今までにいちばんすごかった夢《ゆめ》は何かをきいてごらん」

どうやら斎院《さいいん》のごきげんは損《そん》じなかったようなので、春野《はるの》はほっとして姫《ひめ》にいいました。

「いちばんすごかった夢《ゆめ》をおっしゃい……なるべく失礼《しつれい》のないようなのをね」

「そうですねえ」といいながら、姫《ひめ》は考えました。金剛虫《こんごうちゅう》を手に入れるには、もっと斎院《さいいん》のそばにいなくてはなりません。そして、斎院《さいいん》に近づこうという目的《もくてき》のためなら、もっともっとじぶんを印象《いんしょう》づけるような夢《ゆめ》を語らねばなりません。

「……みやこの東、ええと、琵琶湖《びわこ》の上あたりでしょうか、とにかく比叡山《ひえいざん》のむこうに黒い雲がわき起《お》こり、その黒い雲の中からそれはそれは大きな竜《りゅう》があらわれたのでございます。竜《りゅう》には金色のつのがあり、はく息《いき》は白い雲になりました。うろこの色はこれまた金色で、青い目はヘビのようです。手には鉄《てつ》のかぎづめがついており、どんな剣《けん》よりもするどくなんでも切ってしまいそうでした。わたし

がおどろいて見とれていると、こんどは、みやこの西のほう、すなわち出雲《いずも》の国の方角でしょうか、そちらから、これまた巨大《きょだい》な、八つの頭を持《も》ったオロチが、それぞれの八つの口から真《ま》っ赤《か》な火をふきながらあらわれたのです。そして竜《りゅう》とオロチはちょうどみやこの上空でにらみあい、はげしくたたかいはじめたのでございます。二匹《ひき》がぶつかりあうと火花が飛《と》び、みやこにはほのおがふりかぶり、まいなずまが走って、たちまちのうちにあちこちのおやしきが燃《も》え上がったのでございます」

「あなおそろし、なんということ！」

「ひえええええ」

「とんぼ、もうおやめなさいっ」と女房《にょうぼう》たちや春野《はるの》がいうので姫《ひめ》はいったん話をやめました。斎院《さいいん》はじっと姫《ひめ》を見つめています。その目はするどく、姫《ひめ》の背《せ》すじが寒《さむ》くなりました。しかし、口からでまかせではありましたが、ここまですごい夢《ゆめ》の話をしたのだから、斎院《さいいん》はどうするだろうと思いました。ところが斎院《さいいん》は氷《こおり》のような声でいったのです。

「こざかしいむすめだこと！　おまえの話がうそだということくらい、わらわにわからいでか。衛士《えじ》をおよび！　このむすめを三の蔵《くら》にとじこめておきなさい。その面立《おもだ》ち、ただものではなさそうね。もしかしたら、おまえは何か目的《もくてき》があってここにやってきたのではないの？　たとえばここの財宝《ざいほう》をねらいにきた盗賊《とうぞく》の手先《てさき》とか……ふん、いいわ。あとでわらわが直接取《ちょくせつと》り調《しら》べをしましょう」

斎院《さいいん》がそういうと、女房《にょうぼう》たちがいきなり姫《ひめ》のまわりを囲《かこ》み、うでをおさえました。ひとりは衛士《えじ》をよびに走ります。おどろいたのは春野《はるの》でした。真《ま》っ青《さお》になっています。

「斎院《さいいん》さま、いったいなぜ……このむすめはただの女童《めのわらわ》で、そんな大それたものではありませんが」

「式部《しきぶ》。あなたにはなんの罪《つみ》もないのよ」と斎院《さいいん》はうってかわったやさしい声でいいました。「ただね、このむすめが、たとえ盗賊《とうぞく》の手先《てさき》でなくとも、うそをつくとどうなるかというけじめだけはつけておかなくてはね。わらわは斎院《さいいん》。神《かみ》のみ声をきくものです。ことに夢《ゆめ》にかんするうそは見すごすわけにはいかない」

「でも、どうしてとんぼの、いえ、この女童《めのわらわ》の話がうそだと」

そう、それを知りたいと姫《ひめ》も思いました。

「あっはっははは！」と斎院《さいいん》は高笑《わら》いをしました。口が耳までさけている般若《はんにゃ》の面《めん》ににています。「教えてあげよう、竜《りゅう》は異国《いこく》、唐《から》、天竺《てんじく》から伝《つた》わってきたものです、そしてヤマタノオロチは古来《こらい》よりこの国に伝《つた》わるもの。オロチが西の出雲《いずも》の国のほうからあらわれたというのは、きっと出雲《いずも》の話から思いついたにちがいありません。ですが、ほんとうにその童《わらわ》が見た夢《ゆめ》であるなら、オロチはじつは東、そして竜《りゅう》は西からというはずなのです」

「そ、それはなぜでございますか？　オロチが出雲《いずも》なら、西の方角にあたります。何もおかしなことはないはずですが」と春野《はるの》が首をかしげました。姫《ひめ》もそうだと思いました。ヤマタノオロチの話なら、神話《しんわ》です。そして、それは出雲《いずも》の国に伝《つた》わる伝説《でんせつ》でした。姫《ひめ》だとてとくに神話《しんわ》にくわしいわけではありませんが、それくらいは常識《じょうしき》というものです。それなのに斎院《さいいん》はオロチは東からだというのでした。

「教えてあげよう、オロチはスサノオノミコトによって成敗《せいばい》された。そして、その体内から出てきたのがアメノムラクモノ剣《つるぎ》。よいか。この剣《つるぎ》こそはみかどがみかどになるための皇位継承《こういけいしょう》に必要《ひつよう》な三種《さんしゅ》の神器《じんぎ》のうちのひとつ、のちのクサナギノ剣《つるぎ》のことなのじゃ」

それもだれもが知っている話でした。ヤマトタケルノミコトはこの剣《つるぎ》を東国《とうごく》を征伐《せいばつ》するときにたずさえたといわれています。そして焼津《やいづ》のあたりで、賊《ぞく》に火をつけられたときに、草をなぎたおして逆《ぎゃく》にこちらから火をつけ、あやうくぬけだすことができたことにより、「草薙《くさなぎ》の剣《つるぎ》」ともいわれているのです。

「この剣《つるぎ》こそ、オロチの化身《けしん》でもあるもの。その剣《つるぎ》は今、熱田神宮《あつたじんぐう》に安置《あんち》されておるのじゃ。ということは、このみやこから見て、西か東か?」

「あっ」と春野《はるの》が小さくさけびました。熱田神宮《あつたじんぐう》は尾張《おわり》の国、すなわちみやこから見ると東の方角にあたります。

「さらにいえば竜神《りゅうじん》は国《くに》つ神《かみ》ではなく、あくまでも西方からやってきたものである。たとえ夢《ゆめ》とはいえ、このゆえに竜《りゅう》が東、オロチが西からやってくるということはありえないのだ。その小むすめはうそをついている。式部《しきぶ》もこれでなっとくがいったであろう」

「はあっ」と春野《はるの》が平伏《へいふく》しました。姫《ひめ》はそれから衛士《えじ》に引っぱられて、やしきの中の「三の蔵《くら》」というところにほうりこまれました。

9 三《さん》の蔵《くら》

「とりあえずは、ここからなんとかしてにげださなくてはね……それにしても、けらら丸《まる》はどうしたんだろう。三日以内《いない》にわたしにれんらくをつけるといいながら、いっこうに来てくれないじゃない」

と姫《ひめ》はつぶやきました。三の蔵《くら》は、どうやらこれまでも罪《つみ》をおかしたものや、斎院《さいいん》の不興《ふきょう》をかったものがとじこめられてきた場所《ばしょ》のようで、中は木のわくがはめられたろうやのようなところでした。衛士《えじ》が姫《ひめ》をその蔵《くら》にどんとほうりこみ、とびらがしめられると、中は真《ま》っ暗《くら》です。

しばらくたつと天井《てんじょう》に近いところに明かり取《と》りの窓《まど》があるようで、そこからほそい光がさしているのがわかります。それで蔵《くら》の中のようすがしだいにわかりましたが、姫《ひめ》がとじこめられているのは四角いおりで、ちょうど蔵《くら》の中におりがはめこまれているようでした。つまりおりをぬけだしても、蔵《くら》にとじこめられていることはかわらないわけで、二重《じゅう》にとざされた牢獄《ろうごく》になっているというわけでした。それにおりの外の天井《てんじょう》も高く、たとえおりをぬけてにげようとしても、小がらな姫《ひめ》にはとてもにげることなどできそうにないつくりになっています。

「まあしかし、からだの自由《じゆう》がきくというのはたいへんありがたいことだわ。小むすめだと思って油断《ゆだん》したのね、きっと……」と姫《ひめ》はひとりごとをいいました。

「虫めずる姫《ひめ》がただの虫好《ず》きの女の子だと思ったら大まちがいよ」

姫《ひめ》はおりの木のわくを、上から下までじっくりと見つめました。

「父上が見たら泣《な》くだろうなあ」とつぶやきながら姫《ひめ》は衣服《いふく》のすそをたくし上げ、そで口をしばって動《うご》きやすいかっこうになると、すべてのおりのわくを点検《てんけん》しました。ところがどこにも木のわくがゆるんでいるようなところはなく、木が古ぼけてくさっているところもなく、……つまり姫《ひめ》がにげられるようなすきはないように思えました。

そのとき、姫《ひめ》はゆかに何かを見つけました。

「あら……虫の羽」

姫《ひめ》はにっこりしてうなずきました。それから姫《ひめ》はふところからほそいかんざしをすっとぬきました。

かんざしを使《つか》って、木のわくをあちこちとんとんとたたきます。すると、ゆかに近いところの音がすこしほかとはちがいました。

「ここね！」

かんざしを、木のわくのその部分《ぶぶん》にえいっとつき立てると、表面《ひょうめん》はふつうの木だったのに、ぼろっとくずれて、穴《あな》があ

きました。

「やっぱり……シロアリが食べている」

どうやら、木のわくのその部分《ぶぶん》はシロアリが巣《す》くっていたようでした。落《お》ちていたのは、シロアリの羽だったのです。シロアリが新しい巣《す》をつくるとき、女王アリが羽を落《お》として、そこに巣《す》をつくることを姫《ひめ》は知っていました。

姫《ひめ》はかんざしを使《つか》って木をごしごしと切りはじめます。なんと、姫《ひめ》のかんざしの片側《かたがわ》は、のこぎりのようになっていたのです。切れあじもなかなかのものです。

「いい調子《ちょうし》だわ……ちゃんとしたのこぎりがあればいいけど、それはぜいたくというものね」

こんなこともあろうかと、ハチ飼《か》いの翁《おきな》が、姫《ひめ》に持《も》たせてくれた、万能《ばんのう》かんざしでした。

やがて、木の一部《いちぶ》が切り落《お》とされ、姫《ひめ》が力をこめてゆさぶると、ボキッと音がして、木のわくが折《お》れ曲《ま》がりました。シロアリが巣《す》くっていたので、かなり朽《く》ちていたのでした。姫《ひめ》はおりの中からようやくの思いで脱出《だっしゅつ》することに成功《せいこう》しました。

しかし、おりから出ても、まだ、蔵《くら》の中です。

「あの明かり取《と》りの窓《まど》までたどり着《つ》くにはどうしたらいいだろう？」

こんどは姫《ひめ》はおりの上によじのぼりました。けれど、それでも明かり取《と》りの窓《まど》はずいぶん上で、姫《ひめ》がとどく距離《きょり》ではありません。

「上がだめなら、下？」

あきらめない虫めずる姫《ひめ》でした。おりからおりると、先ほどのシロアリの羽が落《お》ちていたあたりを強くふみつけてみます。しかしびくともしません。

「こうなったら、明日の朝を待《ま》つしかないかな」

蔵《くら》の中のどこかにかくれて、ようすを見ようと思ったのです。だれかが入ってきたときろうやの中には姫《ひめ》がいないので、衛士《えじ》たちは姫《ひめ》がにげたと思うにちがいない。そのすきをついてにげることにしよう、と思いました。

「そんなにうまくいかないかもしれないけど……」

そのとき、あわい光とともにとびらがギギギッと開《ひら》きました。

ぎょっとして姫《ひめ》がふり向《む》くと、なんとけらら丸《まる》、つづいてハチ飼《か》いの翁《おきな》が入ってきたのです。

「よかった！　姫《ひめ》はやっぱりここだった！」とけらら丸《まる》。

「まあ、よくここがわかったわね！」

「おそくなって申《もう》しわけありません」とけらら丸《まる》がいいました。「きょうやっと、女房《にょうぼう》たちの部屋《へや》の天井《てんじょう》うらにひそむことができたので、姫《ひめ》がとじこめられたのも知っていましたが、このやしきときたらずいぶん警戒《けいかい》がきびしいので、出歩くことができなかったのです」

「わたしは仕事《しごと》のふりで堂々《どうどう》と外からまいりました。姫《ひめ》がとじこめられたところがどこなのかわからなかったのですが、けらら丸《まる》と会って二人でやってきたというわけですよ」とハチ飼《か》いの翁《おきな》。

「もうちょっとしたらわたし、自力《じりき》で脱出《だっしゅつ》したのに」と姫《ひめ》は助《たす》かったのにもんくをいいました。ほっとしたからでもあります。

「それは申《もう》しわけなかったですね」とけらら丸《まる》はけろっとしていいました。

「だったら来なきゃよかったなあ……あいてっ！」

姫《ひめ》はけらら丸《まる》を思いきりつねりました。

「それにしてもたいへんなことになっておりますぞ、今夜は」

「どういうこと？」

「まあ、外に出ればわかります」

それから三人は、とびらの外に出ました。なんと、蔵《くら》の番をしているはずの衛《え》士《じ》のすがたもありません。

あたりはすっかり夜でした。三の蔵《くら》のまわりには、いくつかの蔵《くら》らしき建物《たてもの》や、長屋《ながや》のような建物《たてもの》がありました。使用人《しようにん》たちが寝《ね》とまりしているところのようですが、小さなあかりはもれていても、ひっそりとしています。

「何がたいへんなことになっているというの？」

するとハチ飼《か》いの翁《おきな》がいいました。

「このやかたのものたちがみな、寝《ね》ているのです」

「夜だからでしょ？」

「そうではありません。ろうそくのあかりもついたままなのです。いつもならまだ寝《ね》る時刻《じこく》ではないのですが、どうやらやかたじゅうが魔物《まもの》の息《いき》でもふきかけられたようにねむってしまっているのです……だから、わたしも自由《じゆう》にやしきを歩くことができたというわけで」

「いったいどういうことかしら？」

姫《ひめ》たちは、しだいにやしきの中心部《ぶ》、そうです、あの夢殿《ゆめどの》のような建物《たてもの》のところへと近づいていきていました。

「あっ……」

なんと、庭《にわ》のあちこちに、やかたの使用人《しようにん》たちがたおれているのです。

「どうしたの、このひとたちは」

「ですから、ねむっているのですよ」とハチ飼《か》いの翁《おきな》がいいました。姫《ひめ》がためしにたおれているひとりの衛士《えじ》に顔を近づけると、たしかにぐうぐうといびきをかいてねむっています。あちらでは侍女《じじょ》が、こちらではすいじ場で顔をあわせた牛飼《か》いの少年がすやすやとねむっているではありませんか。

「あら、赤《あか》べこじゃない！　どうしたの！」

けらら丸《まる》が赤《あか》べこをだき起《お》こします。

「こいつはだれです？」

「牛飼《か》いの童《わらべ》よ。くりやで知りあったの。赤《あか》べこ、起《お》きて！」

「……どうやらねむり薬《ぐすり》でもかがされたようだな」

「ねむり薬《ぐすり》なんて、いつそんなものを。わたしたちだってやしきの中にいるわけだから、同じようにねむるはずでしょ。でも」

「姫《ひめ》はやしきの中だといっても蔵《くら》の中ではありませんか。それにきょうは夕飯《ゆうはん》を食べていないでしょう。……まあいずれにせよ、これはおかしな話です、おお、そういえば」

「何か？」

「やしきの中をのぞいているときに何やら霧《きり》のような赤いもやのようなものがたちこめておりました」

「おいらは気づかなかったぞ。天井《てんじょう》うらにいたせいかな」

「赤い霧《きり》ねえ。だれかがねむりの『気』のようなものを……そうね、きっと竜《りゅう》のような怪物《かいぶつ》がねむりの霧《きり》をはいたにちがいないわ」

「竜《りゅう》なら退治《たいじ》のし甲斐《がい》があるというもんだ」とけらら丸《まる》がうでをさすりました。

「ねえ、赤《あか》べこ、起《お》きて！」と姫《ひめ》はぐっすりねむりこけている赤《あか》べこをゆり動《うご》かしました。

　すると、「うーん」とのびをして、赤《あか》べこが目をさましました。姫《ひめ》たちを見て

ぎょっとしています。そして姫《ひめ》にいきなりすがりつくと、

「う……うわっ、助《たす》けて！　お、お願《ねが》い！」とさけびました。

「しっかりしなさい、あなた、寝《ね》てたのよ。ほら、ちゃんと起《お》きて！　そして何があったか、おっしゃいな」

「おいらの牛を……おいらの牛を、とられちまったんだよ！」

「牛？　だれがあなたの牛をとったというの？」

赤《あか》べこはふるえながら、どうやら目をさましたようで、はっとしたように気を取《と》りなおして、ふたたび姫《ひめ》を見ました。

「あれ？　おいらいったい……あれ？」

「あなたは夢《ゆめ》を見ていたのよ、赤《あか》べこ」

「……あ、あれは夢《ゆめ》だったのか……ああ、それならよかったよ！」

「とにかく、何が起《お》きたか話してちょうだい」と姫《ひめ》がうながすと、赤《あか》べこはうなずいて話しました。

「夕方になって、やしき全体《ぜんたい》に赤いもやがかかったようになったんだ」

「赤いもや……翁《おきな》がいってた、霧《きり》のようなもののことね」

⑩ 夢殿《ゆめどの》の赤い霧《きり》

……その赤いもやは、低《ひく》く、ゆったりと、けむりのようにやしき全体《ぜんたい》に流《なが》れていったそうです。そして、やしきの中の使用人《しようにん》たちは、いつの間にかみんながそのもやの中につつみこまれ、急《きゅう》にねむ気におそわれて、その場にたおれるようにしてねむってしまったということでした。

赤《あか》べこはさらにふしぎな話をつづけました。

「おいらがねむりにつくときに、まるでおいらの耳もとでささやくような声がきこえたんだ。それはどうも斎院《さいいん》さまの声

のようだった。声はいった。『さあ、みんな、これからゆっくりと夢《ゆめ》を見るのじゃ。これからおまえたちの見る夢《ゆめ》というのは、ただの夢《ゆめ》ではないぞ。なんと、おまえたちの見る夢《ゆめ》がすべて、ほんとうのこととしてかなうのじゃ。すばらしいことじゃろう。みな、なりたいものになれる、そしてやりたいことがやれるのじゃ、日ごろかなわぬと思ったことを、こよいは夢《ゆめ》に見るのじゃ！』おいらはそれをききながら、これは斎院《さいいん》さまがおいらだけにいっているんじゃなくて、やしきの中のすべての人間に向《む》かっていってるんだということがわかったんだ。みんな、目を輝《かがや》かせていたよ。だって、見た夢《ゆめ》がほんとうのことになるというんだもの。もちろん、半信半疑《はんしんはんぎ》のものだっていたさ。おいらだってそのひとりさ。そんなおいしい話があるわけがない、って。その前に、そもそもそんなかんたんに夢《ゆめ》なんか見られるわけがないじゃないか」

「えらいのう、赤《あか》べことやら。おまえ、よくみんなのようにその話に乗《の》らなかったな」とハチ飼《か》いの翁《おきな》が赤《あか》べこをほめました。すると赤《あか》べこは首をふりました。

「それが……おいらだって、最初《さいしょ》はたしかにそう思ったんだ、だけど、たぶんあの赤いもやのせいだと思うんだけど、そのもやに取《と》り囲《かこ》まれて、すいこんだとたん、ねむくなってきたんだ、それがただねむくなっただけじゃなくて、夢《ゆめ》が見られそうな、そんなねむりのつき方なんだよ」

「夢《ゆめ》が見られそうな？　何よそれは。いってることの意味《いみ》がよくわからないわ」

「あるよな」とけらら丸《まる》が口をはさみました。「寝入《ねい》りっぱなに、なんだかおかしな、半分起《お》きてるような、半分夢《ゆめ》の中のようなときがある。あんな感《かん》じなんだろう？　ちがうか？」

「そう、それなんだ。つまりこれからどんな夢《ゆめ》でも思いどおりに見られそうな、そんな気がしたし、じっさい、おいらがためしにまぶたをとじて、『山イモ出てこい』と念《ねん》じたら、ほんとにまぶたのうら側《がわ》に山イモをにているなべが、ぐつぐつ音をたててあらわれてきたんだ」

「もう……くいしんぼうねえ」と姫《ひめ》は笑《わら》いました。「でも斎院《さいいん》は、たとえ一夜の夢《ゆめ》とはいえ、それを現実《げんじつ》にかなえさせようとしたのかしら？　じぶんの使用人《しようにん》たちに？　だったらずいぶんやさしい斎院《さいいん》さまだわ。わたしの思っているイメージとはちがうんだけど」

「んなもの、うらがあるに決《き》まってるじゃありませんか」とけらら丸《まる》。「姫《ひめ》をろうやにとじこめたんですよ。やさしいわけがない」

「そう、そうなんだ！」と赤《あか》べこがいいました。「さっきのつづきなんだけどさ、山イモのなべが出たところで、おいらははっとした。こんなうまい話があるわけがない、と。でも、とりあえずおいらは『じぶんの牛がほしい』という夢《ゆめ》を見ようと思ったんだ。すると、いきなりこのやかたのとある部屋《へや》が夢《ゆめ》に出てきた。そしてそこには数人のやかたの使用人《しようにん》たちが、みんなじぶんのさいふをにぎって、輪《わ》になってすわっていたんだ」

「何をしていたの？」

「輪《わ》のまんなかには、なんだかおかしな、親指《おやゆび》ほどの四角い小石のようなものがおいてあって、その四角い小石のあちこちの面《めん》に、文字が書いてあるんだ。ええとね、なんだっけな、天とか地とかそんなような」

「そりゃあ、サイコロっていうんだ。昔《むかし》、唐《とう》から伝《つた》わったもんさ。うらないに使《つか》うんだが、いったい何をうらなっていたんだろう」とハチ飼《か》いの翁《おきな》がいうと、けらら丸《まる》がふふんと笑《わら》いました。

「じいさま、そいつらはばくちをしていたんだよ。車座《くるまざ》になってすわって、それぞれの方角の目が出たら、そいつがかけたものをもらうってしくみだよ。天と地のほかは、東西南北がその目だよ」

赤《あか》べこはうなずきました。

「そうだったんだ、それで、おいら、いきなりその仲間《なかま》になって、みんなとばくちをやりだしたんだ。すると、あっという間に勝《か》ってしまって、おいら、なんと牛を五頭もじぶんのものにしてしまったのさ」

「まあ、夢《ゆめ》だからな、じぶんの好《す》きなようになったってわけだ。すると赤《あか》べことやら、その夢《ゆめ》がほんとうになったってわけかい？」

「それが……」と赤《あか》べこはしょげ返《かえ》っていいました。「五頭の牛を連《つ》れて、おいらが意気揚々《いきようよう》と帰ってくるとちゅうに、こんどは黒いふくめんをした男たちがあらわれて、その牛をおいらからひったくってどっかへ行ってしまったんだよう」

「それでさっき、牛をとられたって泣《な》いてたわけだ」

「いいじゃないの、赤《あか》べこ、もともとじぶんのものではなかったんだから」と姫《ひめ》がいうと、赤《あか》べこもうなずいていいます。

「すると、ここにたおれてねむっているひとたちも、みんな、赤《あか》べこと同じような夢《ゆめ》を見ているわけかしら」と姫《ひめ》が中庭《なかにわ》を見わたしていうと、赤《あか》べこが「あっ」とさけびました。「親方がたおれている」

なるほど、すこしむこうのほうにたおれているのは、すいじ場の親方でした。

四人はそこへかけより、親方をゆり動《うご》かしました。すると、親方は目を開《あ》け、

「おっと……いけねえ、とんでもないことをしでかしちまったぜ」とつぶやきました。

「あなたはどんな夢《ゆめ》を見ていたの?」と姫《ひめ》はたずねました。親方はしばらくわけがわからないというようすでしたが、やがて語りはじめました。

「悪《わる》い仲間《なかま》と組んで、みやこで強盗《ごうとう》をはたらこうとしたんだよ。夢《ゆめ》でよかった。ああ、じぶんが信《しん》じられない、たとえ夢《ゆめ》でもあんなことをしようとはなあ」

「いやいや、それが夢《ゆめ》というもんさ」とハチ飼《か》いの翁《おきな》がなぐさめるようにいいました。「わしだって、夢《ゆめ》の中だというのであれば、悪《わる》いことでもなんでもしでかすと思うぞ」

「いや、その悪《わる》い仲間《なかま》というのが日ごろおれが信《しん》じている、すごくまっとうな連《れん》中《ちゅう》だったんだから、なおさらなさけなくて……それにしても、なんというかほん

とうにやってるような夢《ゆめ》だったなあ。黒い装束《しょうぞく》をつけてみやこの道で」

するとと赤《あか》べこがさけびました。

「な、なんだって!」

「さっきの赤《あか》べこの夢《ゆめ》との関係《かんけい》が出てきたってわけだな」とけらら丸《まる》。

「どういうこと?」

「赤《あか》べこをおそった盗賊《とうぞく》が、この親方だってことさ」

「ええっ?」

まさか、と思い、姫《ひめ》と赤《あか》べこが親方をのぞきこむと、親方は「面目《めんぼく》ない」といってうつむきました。けらら丸《まる》は首をかしげていいました。

「しかし……そしたらその五頭の牛はどこに行ったんだろう?」

「あのね、けらら丸《まる》。それは夢《ゆめ》の中の話でしょう? ここにいるわけがないじゃないの」

「いや」と、けらら丸《まる》は考えこんでいます。「姫《ひめ》。斎院《さいいん》は、みんなに、夢《ゆめ》を現実《げんじつ》にしてやるといったんですよ。当然《とうぜん》、その牛はどこかにいるはずでしょう」

「うーん、あんたって、よくそういうおかしな話にすんなりとついていけるわね。

わたしはまだ、ついていけないわ。……あ、そうだ、何人かの男たちが盗賊《とうぞく》をしていたわけだから、牛はまだ、だれかの夢《ゆめ》の中にいるってことよ」

「姫《ひめ》、ちゃんとついてきてますよ」「なるほど」とけらら丸《まる》とハチ飼《か》いの翁《おきな》がうなずきあっています。

「ちょっと待《ま》って。もういちど整理《せいり》させてね。斎院《さいいん》がみんなに夢《ゆめ》を見させて、その夢《ゆめ》を現実《げんじつ》にする、といったわけよね。お昼に女房《にょうぼう》の部屋《へや》で、斎院《さいいん》はこういったわ。『いちばんすごい夢《ゆめ》を見たものにはほうびをあげる』と。つまり、斎院《さいいん》も、すごい夢《ゆめ》を現実《げんじつ》にしようと思ったにちがいない。でも、じぶんだけがいちばんいい夢《ゆめ》を見ればいいのに、どうしてやかたの使用人《しようにん》たちにも夢《ゆめ》を見させようとしたのかしらね？」

「ううむ」とけらら丸《まる》たちは考えこみます。

「それに、夢《ゆめ》を現実《げんじつ》にしようとしている、というのは、きっとあの松虫法師《まつむしほうし》が斎《さい》院《いん》にふきこんだことだと思うけど、法隆寺《ほうりゅうじ》の金剛虫《こんごうちゅう》がからんでいるわけだから、ありえない話ではないと思う。でも、そのしくみはいったいどうなっているの？あの夢殿《ゆめどの》はなんのため？」

「それをこれから調《しら》べるわけでしょう」

とけらら丸《まる》。

「夢殿《ゆめどの》に行ってみるしかないわけよね」

「姫《ひめ》、気がすすまないみたいですね」

「だって斎院《さいいん》苦手《にがて》なんだもん」

　気分の悪《わる》そうな親方の世話《せわ》を赤《あか》べこにまかせ、三人は中庭《なかにわ》の夢殿《ゆめどの》に向《む》かって歩きはじめました。中庭《なかにわ》を囲《かこ》む回廊《かいろう》にはところどころにろうそくの燭台《しょくだい》がおかれているので、夢殿《ゆめどの》はぼんやりと暗闇《くらやみ》の中にうかんでいます。

「この中にきっと斎院《さいいん》がねむっているのだわ。いったいどんな夢《ゆめ》を見ているのかしらね」

「まあ、ふつうの夢《ゆめ》ではないでしょうが

……ぞっとしますね」

「そういえば思いだしたことがある」とハチ飼《か》いの翁《おきな》。「昔《むかし》どこかできいたのだが、夢《ゆめ》を見させる麹《こうじ》があるというのだよ」

「麹《こうじ》って……米なんかを発酵《はっこう》させて、酒《さけ》にしたりするものでしょう?」

「そうです。これも虫といえば虫ですから、姫《ひめ》にはおぼえておいてもらいたいのですが、世《よ》の中《なか》にはわれわれの目にうつる虫よりもはるかに小さな、目に見えぬ虫がいるのでございますよ」

「いちおう、知ってはいるわよ。だって虫はそういう小さな虫を食べているわけでしょう?」

「そういう虫もいますな。で、当然《とうぜん》ながら、この小さな虫どもは、いいことも悪《わる》いこともいたします。たとえば食《た》べ物《もの》がくさるのもこの小さな虫のせい、道路《どうろ》のあちこちにばらまかれた牛のふんや馬のふん、こういったきたないものをいつの間にか全部《ぜんぶ》食べてしまうのもこの小さな虫なのでございます」

「夢《ゆめ》の麹《こうじ》というのも、そういう小さな虫なのね?」

「その夢《ゆめ》の麹《こうじ》が、赤《あか》べこのいっていた、夢殿《ゆめどの》からのもやのような霧《きり》だった、ということであれば、みながおかしな夢《ゆめ》を見るというのもありえないわけではございませんな」

「金の虫……金剛虫《こんごうちゅう》は、その麹《こうじ》をつくりだすのかもしれないわ。クモが糸をはくように、かいこがまゆをつむぐように、あの金剛虫《こんごうちゅう》は、夢《ゆめ》の麹《こうじ》を赤い霧《きり》にふくませてはきだすのかもしれない」

「そして、金剛虫《こんごうちゅう》にそうさせるしかけが、あの夢殿《ゆめどの》ってわけですかね」

三人は夢殿《ゆめどの》を見ました。すると夢殿《ゆめどの》が、ゆらゆらと赤く輝《かがや》きだしました。

「あ、あやしい光だ」

「いよいよ、何かが起《お》きそうな気がしますなあ」とハチ飼《か》いの翁《おきな》はおもしろそうにいいました。

「さあ姫《ひめ》、夢殿《ゆめどの》へまいりましょう」とけらら丸《まる》がいいます。

「やだ。さっきからいってるでしょう。斎院《さいいん》苦手《にがて》なんだってば。それにあそこに行って、またつかまってしまったら、どうすればいいのよ」

「しかし、あそこへ行ってですね、金剛虫《こんごうちゅう》をつかまえなければ、なんのためにここに来たのかわからないじゃないですか」

「わたしはね、こわがりなの！」と姫《ひめ》はさけびました。けらら丸《まる》はにやにや笑《わら》いました。

「それはようくぞんじております。ほんとの姫《ひめ》はこわがりだってことを。でも、姫《ひめ》はこわがりだけど、勇気《ゆうき》があります」

「たしかに」とハチ飼《か》いの翁《おきな》がいいました。「そこがふつうのお姫《ひめ》さまとちがうところでございますなあ。ふつうは、こわがりなだけ、おくびょうなだけ。でも姫《ひめ》は、こわくても、それを乗《の》りこえていく勇気《ゆうき》を持《も》っておられる」

「おだてたってだめ。あのね、いくら勇気《ゆうき》があっても、わたしのかなう相手《あいて》とかなわない相手《あいて》がいるのよ。あの斎院《さいいん》はね、そんじょそこらのお方とはちがうのよ。わたしが今より百倍《ばい》年を取《と》って、その間に世《よ》の中《なか》の男という男をみんな手玉に取《と》って、それから三回ほど海のかなたの外国にせめ入って、みやこをやっぱり十回は遷都《せんと》して、誉田《こんだ》のみささぎ（応神天皇陵《おうじんてんのうりょう》のこと）みたいなのをあと百こほどつくり、国分寺《こくぶんじ》とか国分尼寺《こくぶんにじ》を全国《ぜんこく》にあとひとつずつ建《た》てたとしても、あの斎院《さいいん》に立ち向《む》かえるかどうかってなものよ……」

ハチ飼《か》いの翁《おきな》とけらら丸《まる》は顔を見あわせてふきだしました。

「なんだか数の単位《たんい》がよくわかりませんが」

「姫《ひめ》がそれほど斎院《さいいん》をこわがるとは思いませんでしたなあ」

「姫《ひめ》。だいじょうぶ。相手《あいて》は大斎院《さいいん》とかいっても、せいぜいこの北野《きたの》の地に大きなやしきをかまえて権力《けんりょく》をにぎろうと思っている程度《ていど》の人間でしかないです。すなおであるがまま、虫めずる姫君《ひめぎみ》のほうがよっぽどりっぱな人間です。行きましょう！」

けらら丸《まる》がそういって、姫《ひめ》の手を取《と》りました。

「それ、ほんと？　わたしのほうがまし？」

「まちがいなく」とハチ飼《か》いの翁《おきな》がうなずきます。

「おっしゃあ！」と姫《ひめ》は気あいを入れました。「持《も》つべきものは、ほめてくれる友」

「この単純《たんじゅん》なところも、なみの人間のまねできるところではないですよ」

⑪ 夜のたたかい

そこで三人がふたたび夢殿《ゆめどの》に向《む》かおうとしたときでした。

「おおっ！」

「あっ！」

なんと、先ほどまで赤くぼんやりとした光を放《はな》っていた夢殿《ゆめどの》が、金色に輝《かがや》きはじめたのです。その輝《かがや》きは、まるで人間の心臓《しんぞう》の鼓動《こどう》のように、点滅《てんめつ》をくり返《かえ》していました。

「夢殿全体《ゆめどのぜんたい》が、生きているようだ……」

とけら丸《まる》がつぶやきます。するとまもなく、夢殿《ゆめどの》そのものが、しだいにかたち

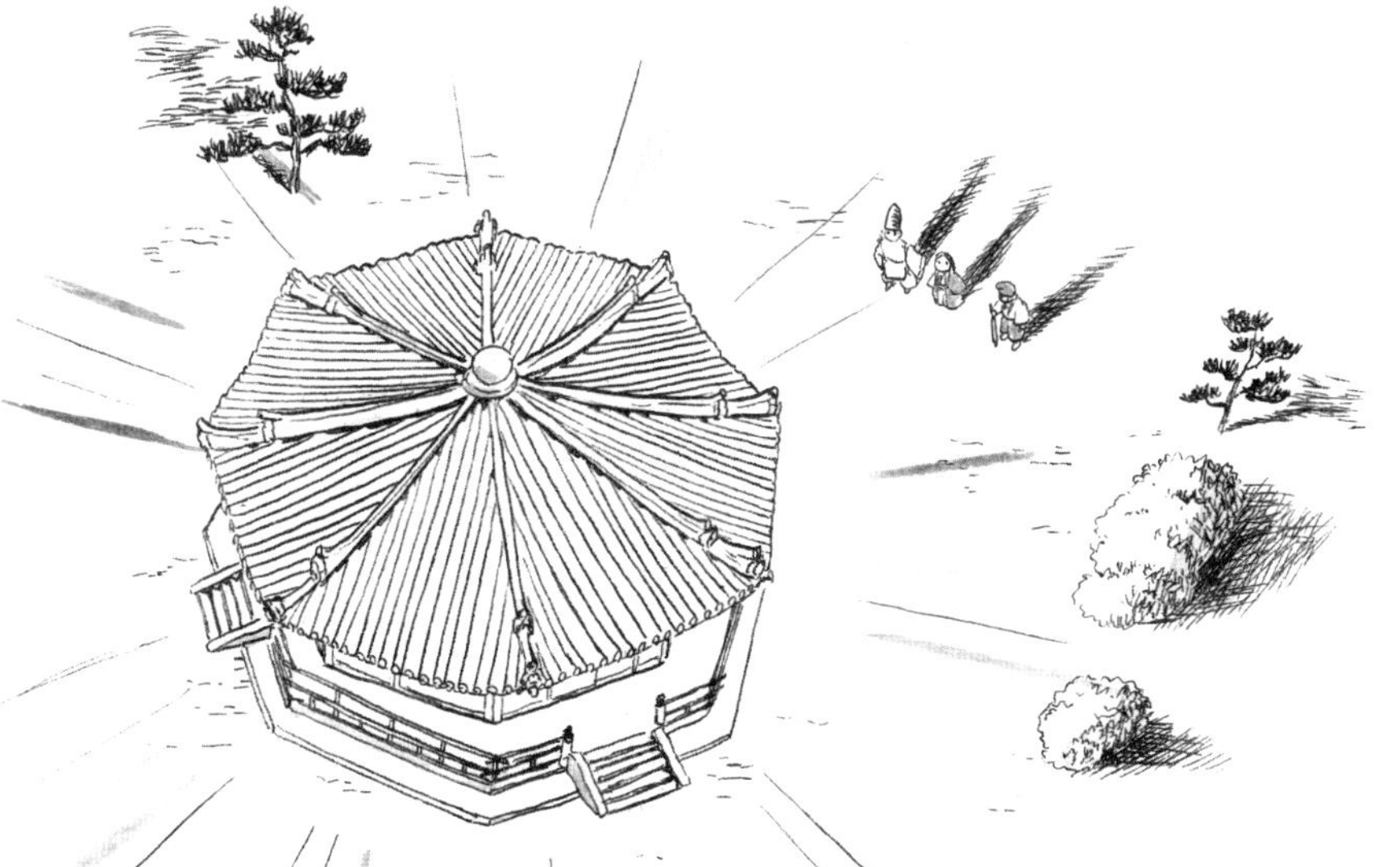

をかえていったのです。

「おおおっ。建物《たてもの》がぐにゃりとひん曲《ま》がったぞ！」

さっきまで夢殿《ゆめどの》だったものは、三人の目の前で、とてつもなく巨大《きょだい》なばけものにかたちをかえていったのです。

「な、なんなんだ、これは！」

「む、虫？」

姫《ひめ》もけらら丸《まる》も、こんなものを見るのははじめてでした。

夢殿《ゆめどの》よりも大きな図体《ずうたい》をして、三人の前にあらわれたのは、巨大《きょだい》なカマキリにた、昆虫《こんちゅう》のようなものでした。らんらんと光る目は瑠璃《ガラス》のようにつややかな青い玉が無数《むすう》にはめこまれている、輝《かがや》くふたつの丸い玉でした。

「トンボの目と同じだわ！」

からだ全体《ぜんたい》は、茶かっ色でしたが、その表面《ひょうめん》はまるでカブトムシのようにつややかに輝《かがや》いています。

「うへえ、気持《きも》ち悪《わる》いぜ、こいつは……」

けらら丸《まる》がうなりました。からだの表面《ひょうめん》が輝《かがや》いているのは、虫全体《ぜんたい》が、ぬるぬ

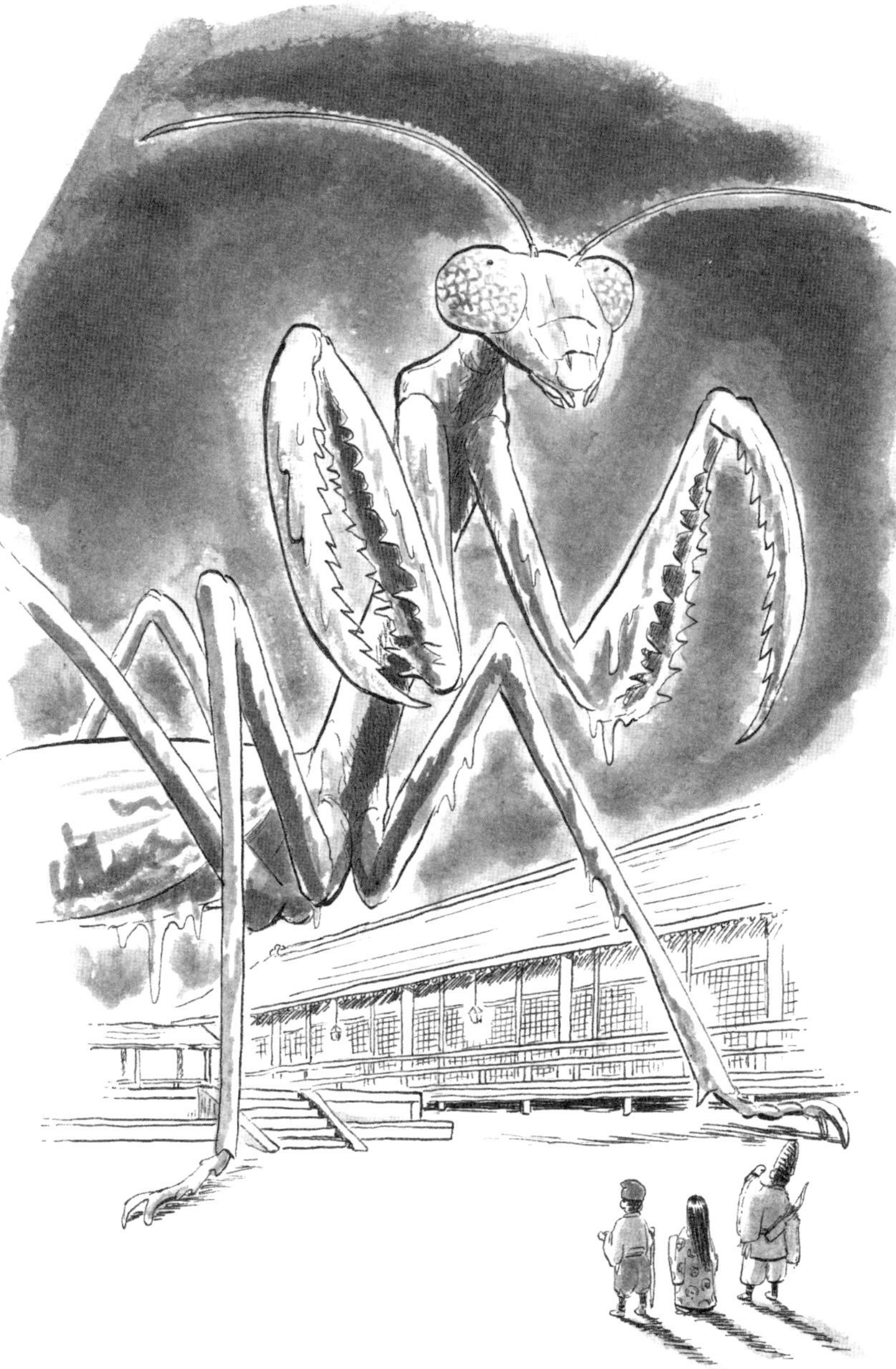

るとした液体《えきたい》でおおわれているせいだったのです。それが、中庭《なかにわ》を取《と》りまく回廊《かいろう》にすえられたろうそくの光に照《て》らされて、ぬめぬめと光っています。

「さなぎが成虫《せいちゅう》になるように、金剛虫《こんごうちゅう》もすがたをかえるのかしら」と姫《ひめ》がつぶやきます。

「あの夢殿《ゆめどの》がこの虫のさなぎだったってことですか?」

「うーん、金剛虫《こんごうちゅう》はたぶんさなぎから虫になってるはずだから、それとはちょっとちがうような気がするけど、でも、もしかしたら、あの虫からさらにちがうものになろうとしているのかもしれないわね」

巨大《きょだい》な虫が、顔を左右にふりました。それから、両《りょう》の手……前足のようなものをゆっくり動《うご》かしました。

「えものを……とらえようとしている動《うご》きだわ」と姫《ひめ》。「いったいこの大きな虫は何をつかまえようとして……あっ!」

いきなり、巨大《きょだい》な虫の前に、五頭の牛があらわれたのです。

「さっきの、赤《あか》べこや親方の夢《ゆめ》に出てきた牛よ、きっと!」と姫《ひめ》はさけびました。

牛だけではなく、その五頭の牛を引き連《つ》れている、黒装束《しょうぞく》の男たちも数人いました。かれらはきっとみやこで盗賊《とうぞく》になる夢《ゆめ》を見ていたものたちにちがいありません。

「あっ！」

なんと、五頭の牛は、急《きゅう》に宙《ちゅう》に舞《ま》い上がったのです。そして牛のたづなを引いている黒装束《しょうぞく》の男たちもろとも、巨大《きょだい》なカマキリのような虫の、ぎざぎざのついた前足によってがっちりとつかまえられるやいなや、大きく開《あ》けた口の中にほうりこまれたのです。

ガジ、ガジ、ガジ、といやな音がして、虫の口が何度《ど》か動《うご》くと、牛も男たちもあとかたもなく飲《の》みこまれてしまいました。

「あわわわ……」とけらら丸《まる》がふるえています。姫《ひめ》もからだがふるえるのをどうすることもできません。

そのとき、またしても中庭《なかにわ》に、こんどは百人ほどの、よろいかぶとに身《み》をかため、剣《けん》を持《も》った兵士《へいし》たちが、ひとりの男にひきいられてあらわれました。

「だれ？　あれは」と、いぶかしそうに姫《ひめ》がいうと、いつの間にそばにいたのか、赤《あか》べこがこたえました。

「あれは、ここの台所《だいどころ》で食材《しょくざい》の仕出《しだ》しをしている男だよ、……そうか、兵士《へいし》の長《おさ》になりたかったんだ、あいつは」

「つまり、やかたでねむっているみんなが今見ている夢《ゆめ》なのね、これはみんな」

そのようでした。そして、先ほどの牛と同様《どうよう》、これらの兵士《へいし》たちも、また、兵《へい》士《し》をひきいている男も、あっという間に巨大《きょだい》な虫のえじきとなってしまったのです。

それから、姫《ひめ》たちの眼前《がんぜん》に、それこそ悪夢《あくむ》のような光景《こうけい》がくりひろげられました。つぎに女房《にょうぼう》など女官《にょかん》の夢《ゆめ》なのか、御所《ごしょ》にあるような広い舞台《ぶたい》で金のかんむり、にしき織《お》りのごうかな衣装《いしょう》をつけて舞《ま》っている女性《じょせい》があらわれたかと思うと、こんどは貴族《きぞく》の男といっしょにりっぱな建物《たてもの》の中を歩いている貴族《きぞく》の女性《じょせい》がいました。また、それはそれは大きな帆《ほ》をひろげた船が、ゆっくりと、難波津《なにわづ》のような港《みなと》を出ていく光景《こうけい》があらわれました。さらに、兵士《へいし》をぎっしり乗《の》せた百そうもの軍船《ぐんせん》が勇《いさ》ましく海にこぎだす場面《ばめん》もありました。また、山や谷、川や平野《へいや》のけしきもたくさん出てきました。そしてそれらすべてを、巨大《きょだい》な虫が前足でつかまえたかと思うと、いきなり口にはこんで、ガジ、ガジと、いやな音をたてて食べていくのです。ついには前足が動《うご》くこともないままに、それらの場面《ばめん》はどんどん虫の口の中へとすいこまれていきました。

「こ……これはどういうことよ！」

「つまり、斎院《さいいん》が、このやかたのものたちの見た夢《ゆめ》をどんどん食べてる、ってことになりますかな？」

「ということは、あの大きな虫のようなばけものが、斎院《さいいん》？」

「いや、それはわかりません。斎院《さいいん》はもう、とっくにあの虫に食われてしまったのかもしれませぬなあ」とハチ飼《か》いの翁《おきな》がいいます。

「でも……」と姫《ひめ》は首をかしげていいました。「さっきから、あの虫が食べている夢《ゆめ》なんだけどさ、なんだかちょっとずつ変《へん》なんだけど」

「と、申《もう》されますと？」

「やっぱり夢《ゆめ》なのよね、ちゃんとした現実《げんじつ》のものとはちょっとちがう」

さすが虫めずる姫《ひめ》の観察眼《かんさつがん》でした。先ほどから眼前《がんぜん》にあらわれるだれかの夢《ゆめ》の中らしい光景《こうけい》が、どこか現実《げんじつ》のものとはちがって、馬であれば何やら絵巻物《えまきもの》にえがかれているようにうすっぺらなところがあり、また、山や川も、現実《げんじつ》のものとはちがって、どこかゆがんでいたのでした。

「ということは、やはり夢《ゆめ》は、夢《ゆめ》だということですかな。だとすれば、さほどこのどでかい虫をこわがることもないかもしれない」とハチ飼《か》いの翁《おきな》がほっとしたようにいいました。

「でも……こんなものを食べて、いったいどうしようというのかしら？」

そのときです。まるで翁《おきな》や姫《ひめ》のことばがきこえたかのように、巨大《きょだい》な虫は姫《ひめ》たちのほうをちらりと見ました。姫《ひめ》がぞっとして首をすくめたとたん、巨大《きょだい》な虫は、カマキリの前足のような手を使《つか》い、いきなり目にもとまらぬすばやさで姫《ひめ》をさっとつかまえたのです。

「きゃあああっ！」

ハチ飼《か》いの翁《おきな》も、けらら丸《まる》もなすすべがありませんでした。姫《ひめ》は虫の両《りょう》の前足にがっしりとつかまえられたまま、宙《ちゅう》を走り、そのまま巨大《きょだい》な虫の、どろどろとしたよだれがたれている口もとへとはこばれてしまったのです。

「たっ、助《たす》けて、けらら丸《まる》！」と姫《ひめ》はさけびました。しかし、けらら丸《まる》にもどうすることもできません。

「おじじ、どうしたらいいんだ？」

「ううむ……けらら丸《まる》、おまえの弓であの虫のどこか急所《きゅうしょ》をねらえないか？」

「そんなことをしたら姫《ひめ》があの高さから落《お》っこちて、大けがをしてしまうぞ」

そのときでした。なんと、巨大《きょだい》な虫が姫《ひめ》に向《む》かってことばを発《はっ》したのです。

「小むすめ……つまらぬ夢《ゆめ》ばかり食いたくはない……早くおまえの夢《ゆめ》を食わせろ」

「なんですって？」

「あの夢《ゆめ》だ……あの竜《りゅう》とオロチがたたかう夢《ゆめ》を、食わせろ……」

その声は低《ひく》くとどろくようでした。

「では……では、この虫は、これは、まさしく斎院《さいいん》、あなたなのですか!?」と姫《ひめ》は悲鳴《ひめい》のようにいいました。

「だったらどうだというのじゃ！　早くあの夢《ゆめ》を、夢《ゆめ》をここで見るのじゃ！」

「だって……あの夢《ゆめ》はにせものだ、うそだといったじゃない！」

「ふん、とりあえずおまえをつかまえておくためだ。それぞれの夢《ゆめ》にはそれぞれの夢《ゆめ》を見るにふさわしい器《うつわ》が必要《ひつよう》でな、夢《ゆめ》を見るに値《あたい》しないものが見た夢《ゆめ》にはなんの意味《いみ》もない。おまえの夢《ゆめ》がほんものだったからこそ、三の蔵《くら》にとじこめたのだ。さあ、今からあの夢《ゆめ》を見ろ。そしてわらわがおまえもろとも、あの夢《ゆめ》を食ってやる」

「竜《りゅう》とオロチがたたかって、みやこがほのおにつつまれる夢《ゆめ》のどこがいいのですっ！」

「竜《りゅう》もオロチも、わらわが食べれば、わらわは竜《りゅう》よりもオロチよりも強くなるのじゃ！　わらわが食べた夢《ゆめ》はすべて、わらわのからだの中で、わらわの力となるのだ。竜《りゅう》とオロチの力が、わらわのものになれば、どんなことでも思いのままになるくらい強くなるのじゃ」

「つ、強くなってどうするというんです？」

「つまらぬ質問《しつもん》をするな。強くなればだれでもしたがえられるのだ！　さあ早く！」

「あの、わたし、今、しっかり起《お》きてるんですけど！　こんな状態《じょうたい》では夢《ゆめ》なんか見ることはできませんですっ！」

「ならば」と、斎院《さいいん》の化身《けしん》らしき巨大《きょだい》な虫は姫《ひめ》に向《む》かって、赤い霧《きり》のような、もやのようなものをふきつけました。

「それをすってはなりませんぞ、姫《ひめ》！」とハチ飼《か》いの翁《おきな》がさけびました。

「うぷっ！」

姫《ひめ》は顔をそむけます。しかし、前足につかまえられた姫《ひめ》のからだは今や赤い霧《きり》の中につつみこまれてしまいました。

「ひ、姫《ひめ》ーっ！」

ケ、ケ、ケケケ、と、巨大《きょだい》な虫がきみょうな笑《わら》い声を上げました。

「そ、そんなぶきみな虫になりたかったのか、大斎院《さいいん》！」と、けらら丸《まる》がさけびました。

「なんとでもいうがいい、これがわらわの今のすがたじゃ！」とかわりはてた斎《さい》院《いん》の虫がいいました。「おまえたちの目にどううつろうとかまわぬ。わらわにはこのすがたこそ強く、勇《いさ》ましく、また、たのもしい」

「どこがだよっ！」といいながら、けらら丸《まる》は弓に矢をつがえました。「早く姫《ひめ》をはなせ！　でないとこの弓で射《い》るぞ」

「ふん、そんな矢がこのかたいよろいに通じるものか。それに、わらわにあたる前に、この小むすめにあたってしまうわ。ケ、ケケケケケ！」

「む、むうっ！」

くやしそうにけらら丸《まる》は弓をおろしました。

そのときです。姫《ひめ》のからだが、ぼんやりと輝《かがや》きはじめたのです。

「あれっ？」

「とんぼが、夢《ゆめ》を見はじめたんだ！」と赤《あか》べこがいいました。「夢《ゆめ》を見はじめの最初《さいしょ》はね、みんな、あんなふうにふしぎな光につつまれていたよ」

「斎院《さいいん》の思うつぼじゃねえかっ！　姫《ひめ》！　起《お》きるんだっ！」

けれども、姫《ひめ》は斎院《さいいん》の虫の手の中で、ぐったりとしたままでした。

「だめだ……このままでは姫《ひめ》の夢《ゆめ》が食われてしまう……姫《ひめ》のからだもろともに」

ハチ飼《か》いの翁《おきな》がつぶやきます。そうはさせるかと、ふたたびけらら丸《まる》が矢をつがえました。

すると、姫《ひめ》のからだが、いきなりぼんやりとかすみました。そして、斎院《さいいん》の虫の前に、巨大《きょだい》なものがゆっくりとかたちをととのえようとしていったのです。

「竜《りゅう》か？　それともオロチか？」

「わ、わからん……きっとその両方《りょうほう》が出てくるんだろう」

「おおっ？」

ところが、あらわれたのは、竜《りゅう》でもオロチでもありませんでした。

なんと、それは巨大《きょだい》なクモだったのです。

「こわさのあまり、姫《ひめ》の頭の中がおかしくなってしまったんじゃないか？」

「それでクモなんかの夢《ゆめ》を見ている？」

「いや……姫《ひめ》があそこにいる！」

「おおっ？」

「ひ、姫《ひめ》！」

クモの頭の上に、小さな人間のすがたがあります。なんと、姫《ひめ》が、クモの上に乗《の》っているのです。

「さあ、かかってきなさいよ！」と姫《ひめ》がさけびました。

「何をこしゃくな！」

けらら丸《まる》たちが見ている前で、斎院《さいいん》の虫は、巨大《きょだい》なクモにおそいかかろうとしました。けれど、クモも負《ま》けてはいません。両者《りょうしゃ》はたがいにがっぷりと組みあい、そのするどいキバのようなもので相手《あいて》にかみつこうとしています。

「これは、ものすごいたたかいになったな……」

「しかし、どう見ても……」

ハチ飼《か》いの翁《おきな》が案《あん》じたとおりでした。姫《ひめ》が上に乗《の》っかっているぶん、クモの動《うご》きがぎこちなく、逆《ぎゃく》に斎院《さいいん》の虫は自由《じゆう》に動《うご》けるようでした。やがてクモのからだが、斎院《さいいん》の虫のするどい刃《は》がついたような前足でひゅっと切りつけられて、どくどくと緑《みどり》色の液体《えきたい》が出てきました。すると、こんどはクモはしゅっと白い糸をふきだし、斎院《さいいん》の虫をからめとろうとします。この攻撃《こうげき》は思いがけなかったようで、斎院《さいいん》の虫はひるみました。そこへ、クモの糸が何度《ど》も何度《ど》もふきつけられました。

「おおっ、虫の動《うご》きが弱くなった！」

「そんなもの！」と、斎院《さいいん》の声がとどろきます。「おまえの糸など、はきつくせばおしまいだ！」

「その前にあんたをがんじがらめにしてしまうわよ！」と姫《ひめ》もおうじます。

「今、だな」とけらら丸《まる》がいいました。「たとえ力は小さくとも、おいらだって何かしなければ姫《ひめ》にあわせる顔がない」

「けらら丸《まる》、早く射《い》るのだ。長引けば、取《と》り返《かえ》しのつかないことに」

「もうじゅうぶん取《と》り返《かえ》しがつかないと思うんだがね」といいながら、けらら丸《まる》は矢をつがえました。「おじじ、どこをねらえばいいのだ？」

「虫の急所《きゅうしょ》……そうだな、あの虫のちょうど首のあたりか」

けらら丸《まる》はさっと走りだしました。そして、姫《ひめ》のクモと斎院《さいいん》の虫があらそっているその下へとたどり着《つ》くと、ふり返《かえ》りざま、斎院《さいいん》の虫の首のあたりにひょうと矢を射《い》たのです。

カシィーン！

「くそっ！」

けらら丸《まる》がくやしそうにさけびます。斎院《さいいん》の虫は、けらら丸《まる》の矢などものともしませんでした。

「ケッケケッケッケケケケ！　そんな矢など、蚊《か》に食われたほども感《かん》じなかったぞ！」と斎院《さいいん》の声がいいました。そしてクモに向《む》かって、ふたたび巨大《きょだい》な鉄《てつ》のようなつめでおそいかかりました。そのときクモのほうは、どうやら限界《げんかい》だったのでしょう、つめがたてられたところからは「プシュウ……」という音がして、緑《みどり》の霧《きり》のような液《えき》をふきだすと、前のめりに地面《じめん》にたおれていきます。その上に乗《の》っていた虫めずる姫《ひめ》のからだがはずみでふわりと宙《ちゅう》にうきました。そして、巨《きょ》大《だい》な虫は、前の足でがっしりと姫《ひめ》を受《う》けとめました。

「さあ、もう観《かん》念《ねん》するのだ。そして、おまえの夢《ゆめ》をすなおに見せるのだ」

「こうなってはしかたがない」とハチ飼《か》いの翁《おきな》がつぶやきました。「姫《ひめ》、斎《さい》院《いん》の思うような夢《ゆめ》を見せてあげなさい、そしてここから引きあげようではありませんか」

「やめてくれ」とけらら丸《まる》。「そんなことをしてもなんにもならないどころか、あの虫は姫《ひめ》もろとも食べてしまうつもりだぞ」

「だが、もう……」

そのときでした。姫《ひめ》のからだが、ふたたびぼうっと輝《かがや》きだしたのです。

「姫《ひめ》が……夢《ゆめ》を見はじめた……」

きっと、姫《ひめ》はたたかうことをあきらめて、竜《りゅう》やオロチの夢《ゆめ》を見ることにしたのだろうと、けらら丸《まる》もハチ飼《か》いの翁《おきな》も思いました。

ところが、そうではなかったのです。

姫《ひめ》のからだが輝《かがや》くとともに、斎《さい》院《いん》の虫と姫《ひめ》との間に、ぼんやりとした丸い玉のようなものが光りはじめ、その玉の中に、ふしぎな光景《こうけい》があらわれたのでした。

「おおっ？」

「あれは……？」

水晶《すいしょう》のように透明《とうめい》な丸い玉の中に、まるで、まぼろしのようなけしきがあらわれてきました。そこは、どこかいなかの野原のようなところでした。

ひとりの男が立っています。

「おじじ、あれはだれだ？」

「……わからぬ。だが心の中も高貴《こうき》な方だということがひと目でわかる。……なんとやさしい目をしておられるのだろう……」と翁《おきな》がつぶやきました。

その貴族《きぞく》の男性《だんせい》は、しずかにことばを

発《はっ》しました。

「……長い間、地面《じめん》の中にいて、ようやく目ざめ、地上に出てきたところを、こんなふうに鳥に食べられて、むざむざ死《し》んでしまうとは、なんとはかない命《いのち》なのだろうね……おまえの生きてきたことには、どんな意味《いみ》があったのだろう？」

そのひとの手には、一匹《ぴき》のカブトムシがのせられていました。カブトムシのつのは折《お》れ、羽はむざんにひしゃげていました。どうやら、地上に出たところを、鳥か何かについばまれて、死《し》んでしまったのでしょう。

それから、そのひとの目から、はらはらとなみだが流《なが》れたのです。

「じい、だれなんだ、あのひとは。たかが虫けら一匹《ぴき》が死《し》んだことになみだを流《なが》すような人間なんてきいたことがないぞ」

「考えられるとすれば、ひとりだけ、だな」

男のひとのなみだが一滴《てき》、カブトムシにかかりました。

「あっ！」

カブトムシは、金色に輝《かがや》きはじめ、やがて男のひとのてのひらの中ですこしかたちをかえて、羽をひろげ、ゆっくりと飛《と》び立っていったのです。

「……あ、あれが金剛虫《こんごうちゅう》だったのか……あんなふうにして、金色の虫になったんだ」

「おじじ、だけどどうして姫《ひめ》が金剛虫《こんごうちゅう》のなりたちを知ってるというんだ？」

するど、姫《ひめ》がぼんやりと輝《かがや》いたままでいいました。それも、じぶんの目の前の、巨大《きょだい》な虫に向《む》かって語りはじめたのです。

「わたし、あなたがどうやって生まれたのかを知りたかったの。それがわかれば、あなたをこんなふうにさせない方法《ほうほう》がわかると思ったから。だから、一生懸命《いっしょうけんめい》、あなたが地面《じめん》の中にいるところを想像《そうぞう》してみた。そして、地面《じめん》からやっと地上に出てくるところを想像《そうぞう》した。そしたら、自然《しぜん》にこんな場面《ばめん》がうかんできたの。ねえ、金剛虫《こんごうちゅう》。あなた、聖徳太子《しょうとくたいし》に会ったのね。そして、太子《たいし》のなみだで、こんなふうに生まれかわったのね？」

するど斎院《さいいん》のいかりくるった声がとどろきました。

「こ、こらっ！　そんな夢《ゆめ》を見ろといったのではない！　だまれ、小むすめ！」

「……あなたは、太子《たいし》のやさしさに、恩返《おんがえ》しをしようと思って、千の玉虫とともに法隆寺《ほうりゅうじ》へやってきた。そして、法隆寺《ほうりゅうじ》で、太子《たいし》の息《いき》づかいとともにねむってい

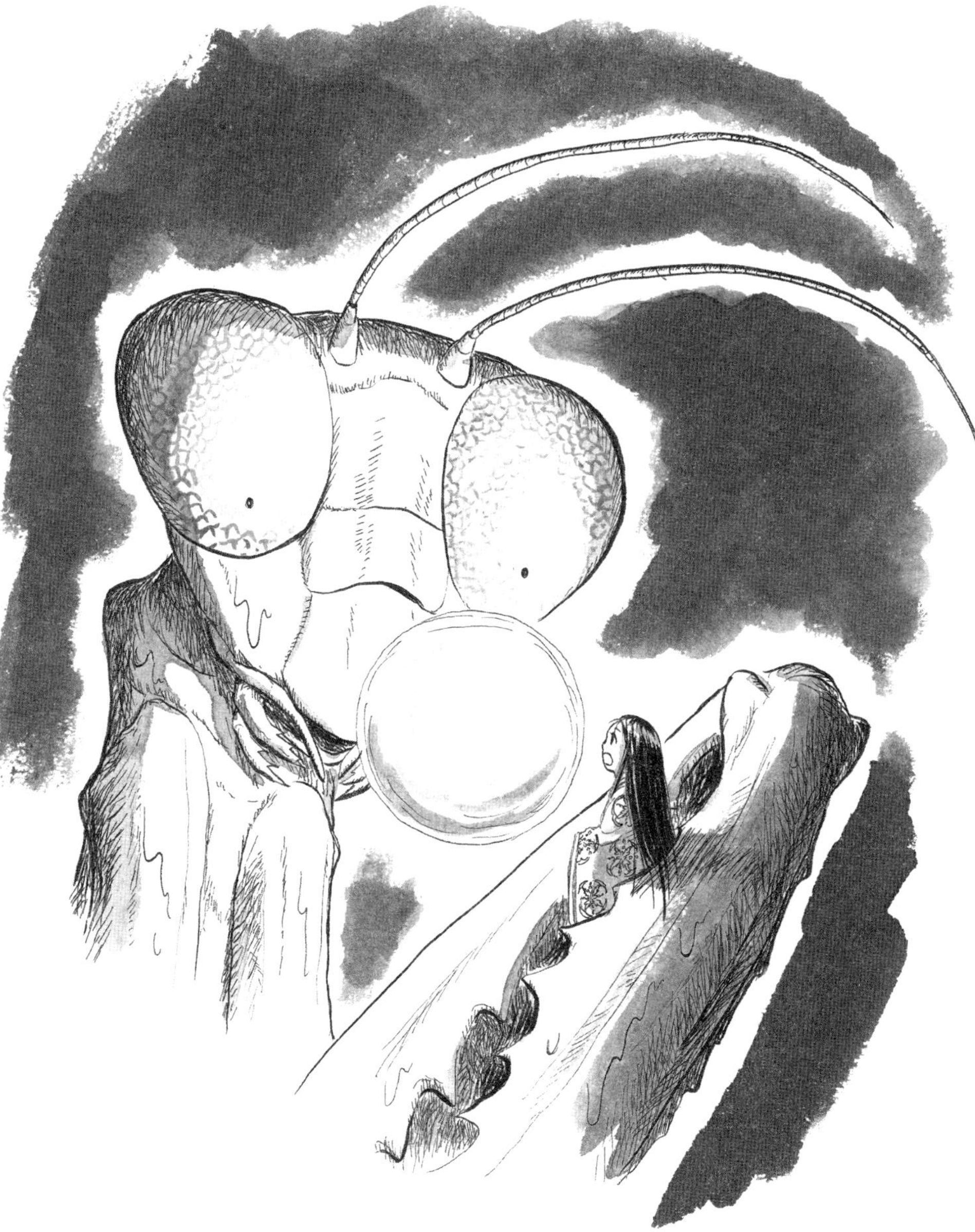

たのでしょう。それを起《お》こされて、こんなことに」

そういいながら、姫《ひめ》の目からひとすじのなみだがすうっとこぼれ落《お》ちました。そのなみだが、姫《ひめ》をかかえ持《も》っている巨大《きょだい》な虫にぽたりとひとしずく落《お》ちたときでした。

虫の手が動《うご》き、まだ輝《かがや》いている水晶《すいしょう》の玉のようなものを、そのまま飲《の》みこもうとしました。

「やめろ、そんなものを飲《の》むな！」という斎院《さいいん》の声がしました。けれど虫はためらいもなく、光る玉を飲《の》みこんでしまったのです。そのとたん、

「あぶないっ！」けらら丸《まる》がさけんで、かけだしました。

なんと、いきなりシュウッという音がして、巨大《きょだい》な虫は霧《きり》ともかすみともつかぬ白いけむりとともに消《き》えてしまったのです。そして、姫《ひめ》はゆっくりと地上に落《お》ちてきました。

「姫《ひめ》っ！」

けらら丸《まる》が姫《ひめ》の落《お》ちてくるところで待《ま》ち受《う》け、がっしりと受《う》けとめました。

「でかしたぞ、けらら丸《まる》！」

けら丸《まる》は、だいじな宝物《たからもの》のように虫めずる姫《ひめ》をだきかかえ、ハチ飼《か》いの翁《おきな》と、赤《あか》べこのところへともどってきました。

「姫《ひめ》はまだねむってるよ。おいらのいちばんかっこいいところを見てもらえなくて残念《ざんねん》だった」とけら丸《まる》はいいました。

「ま、世《よ》の中《なか》はそういうものさ」とハチ飼《か》いの翁《おきな》はほっとした顔で姫《ひめ》を受《う》け取《と》ると、そのまま背中《せなか》におんぶしながらいいました。

三人がふり返《かえ》ると、さっきまで巨大《きょだい》な虫とクモがあらそっていたところには、虫のすがたはあとかたもなく、夢殿《ゆめどの》の残《ざん》がいが、まるで火事場《かじば》のあとのようにけむりをたてくすぶっていました。そして、そこにひとりの女のひとがたおれていました。

「斎院《さいいん》をどうする?」とけら丸《まる》。すると、そこへ法師《ほうし》が出てきていいました。

「わしがかいほうするよ」

松虫法師《まつむしほうし》でした。

「まったく……もうすこし小さな欲《よく》にとどめておけばいいものを……わしはただ、

ささやかな土地とか、ちょっとしたぜいたくのできる金銀財宝《きんぎんざいほう》くらいでよかったのに、斎院《さいいん》ときたら、そんなものではあきたらないんだからな」

「あんただってほめられないだろう」とハチ飼《か》いの翁《おきな》がいいました。「斎院《さいいん》に夢《ゆめ》を見させて、斎院《さいいん》をゆたかにさせ、じぶんはそのおこぼれをもらおうなんて、はずかしい考えではないのか」

「何が悪《わる》い」と法師《ほうし》はいって斎院《さいいん》のところへと走っていきました。それからかがみこんで、何かを拾《ひろ》うと、四人のところへともどってきました。

「ほい、これはあんたたちでしまつしな……斎院《さいいん》も、もうこの虫にはこりただろうさ」

法師《ほうし》が差《さ》しだしたのは、小さな金色の虫でした。虫は、ぴくりとも動《うご》きません。

「死《し》んだのか?」

「いいえ」

いつの間に起《お》きたのか、姫《ひめ》がいいました。それから虫を手に取《と》りました。

「死《し》んだわけではないわ。金剛虫《こんごうちゅう》は、きっと今は平和《へいわ》な夢《ゆめ》を見てる……あら。こんなかたちをしてたのかしら?」

「どうかしましたか」

「うん……金色なんだけど、なんだかふつうの虫になったみたい」

「おお」とハチ飼《か》いの翁《おきな》がいいました。「先ほどのことで、金剛虫《こんごうちゅう》の邪悪《じゃあく》さが消《き》えてしまったにちがいない。姫《ひめ》の想《おも》いがそうさせたのだ」

「よかったよかった。これでやっと法隆寺《ほうりゅうじ》へ返《かえ》せますね」

「二度《ど》と外に出られないように、とじこめてもらおう」

するとと虫めずる姫《ひめ》は首をふりました。

「いいえ。……この虫は、法隆寺《ほうりゅうじ》へは返《かえ》さない」

「な、なんですって？」

「じゃあ、どうするっていうんです？」

姫《ひめ》は金剛虫《こんごうちゅう》に向《む》かってささやくようにいいました。

「……わたしの家で、くらしましょう」

その声がきこえたかのように、金色の虫は、小さく手足を動《うご》かしました。

斎院《さいいん》はどうやらぶじだったようで、建築《けんちく》中の建物《たてもの》が突風《とっぷう》でこわれたというような話になっていました。しかしそのお堂《どう》は、ひみつに建《た》てたということが朝廷《ちょうてい》にばれ、日ごろの悪《わる》い行いについても、おきゅうをすえられたということでした。けれど、斎院《さいいん》はそんなことにひるむような女性《じょせい》ではありませんでした。あいかわらず、じぶんの力をより大きくするために、さまざまなことをたくらんでいるといううわさです。

ハチ飼《か》いの翁《おきな》は、法隆寺《ほうりゅうじ》へ行き、管主《かんしゅ》さまに報告《ほうこく》しました。姫《ひめ》が金剛虫《こんごうちゅう》を飼《か》うときいて管主《かんしゅ》さまは「それでこそ、虫めずる姫《ひめ》」とほほえまれたそうです。

五山《ござん》の送《おく》り火《び》は今年も美《うつく》しく夜空をいろどり、みやこは何事《なにごと》もなかったかのような日々がつづいています。

姫《ひめ》は、しばらくおとなしくしていたせいか、父の大納言《だいなごん》のおぼえもめでたく、やしきのおつきのものたちもほっとしています。

おとなりの蝶《ちょう》めずる姫君《ひめぎみ》のやしきから、螺鈿《らでん》のかんざしがもう一本ほしいという手紙がとどいたのですが、姫《ひめ》は、

金銀《きんぎん》やべっこうや螺鈿《らでん》のかんざしよりも
あなたには松《まつ》の葉《は》っぱがおにあい（ほめてるのよ）

という、歌をよんで返《かえ》したのですが、もちろん蝶《ちょう》めずる姫君《ひめぎみ》はばかにされたと思い、またしてもおとなりとは仲《なか》たがいになってしまいました。

そして、なぜかみやこでは、虫めずる姫君《ひめぎみ》は美《うつく》しい、という評判《ひょうばん》がしだいにたつようになっています。貴族《きぞく》の男たちが、そっとかきねごしにのぞきにくる回数が多くなったようでした。

けれど、そんなときは、けらら丸《まる》と、新しく姫《ひめ》のやかたでやとわれるようになった牛飼《か》いの少年、赤《あか》べこが、いつも何かいたずらをしかけては、追《お》い返《かえ》すのでした。

ある日、またしてもそんな貴族《きぞく》の乗《の》ってきた牛車《ぎっしゃ》を暴走《ぼうそう》させたあとで、けらら丸《まる》は姫《ひめ》に報告《ほうこく》しました。

「またー、わたしの結婚《けっこん》のじゃまをして」と姫《ひめ》はちょっと不満《ふまん》そうです。

「虫めずる姫《ひめ》に虫がつかないようにするのがおいらの仕事《しごと》ですから」と、けらら丸《まる》は笑《わら》いました。

「ちがうわよ」と姫《ひめ》はいいました。

「虫めずる姫《ひめ》の冒険《ぼうけん》のお手伝《てつだ》いをするのがあなたの仕事《しごと》」

「だったら仕事《しごと》をくださいよ、姫《ひめ》」

「もうすぐ」と姫《ひめ》はいいました。「むこうのほうから新しい仕事《しごと》が舞《ま》いこむわよ、きっと。そろそろたいくつしてきたところなんだから」

■作者　**芝田勝茂**（しばた かつも）

1981年『ドーム郡ものがたり』でデビュー。『虹へのさすらいの旅』（福音館書店）で児童文芸新人賞、『ふるさとは、夏』（福音館書店）で産経児童出版文化賞を受賞。『真実の種、うその種』（小峰書店）で日本児童文芸家協会賞受賞。主な作品に『きみに会いたい』『サラシナ』（ともにあかね書房）、「ドーム郡」シリーズ（小峰書店）、『マジカル・ミステリー・シャドー』（小松良佳・絵/学習研究社）、『進化論』（講談社）、『星の砦』（理論社）などがある。東京都在住。

■画家　**小松良佳**（こまつ よしか）

1977年埼玉県に生まれる。挿画の作品に『ほこらの神さま』、「大あばれ山賊小太郎」シリーズ、「にゃんにゃん探偵団」シリーズ（以上偕成社）、『竜の巣』、「内科・オバケ科　ホオズキ医院」シリーズ（ともにポプラ社）、『青いチューリップ』（講談社）、マンガの作品に『サッカーがうまくなる！』（学習研究社）などがある。埼玉県在住。

装丁　白水あかね

スプラッシュ・ストーリーズ・1
虫めずる姫の冒険

2007年10月　初版発行
2011年6月　第 3 刷

作　者　芝田勝茂
画　家　小松良佳
発行者　岡本雅晴
発行所　株式会社あかね書房
〒101-0065　東京都千代田区西神田 3-2-1
電　話　営業 (03) 3263-0641　編集 (03) 3263-0644
印刷所　錦明印刷株式会社
製本所　株式会社難波製本

NDC 913　157ページ　21cm

ISBN978-4-251-04401-3

http://www.akaneshobo.co.jp

スプラッシュ・ストーリーズ

虫めずる姫《ひめ》の冒険《ぼうけん》

芝田勝茂・作／小松良佳・絵

虫が大好《す》きな「虫めずる姫《ひめ》」は、金色の虫を追《お》って冒険《ぼうけん》の旅《たび》へ。痛快平安《つうかいへいあん》スペクタクル・ファンタジー！

強くてゴメンね

令丈ヒロ子・作／サトウユカ・絵

陣大寺《じんだいじ》あさ子《こ》の秘密《ひみつ》を知ってしまったシバヤス。
とまどいと思いこみから始《はじ》まる小５男子のラブストーリー。

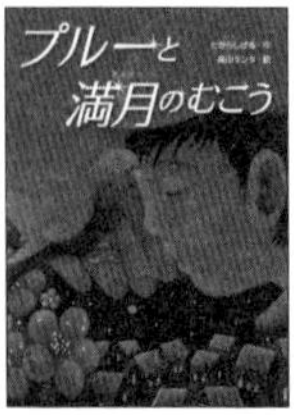

プルーと満月《まんげつ》のむこう

たからしげる・作／高山ケンタ・絵

セキセイインコのプルーが、裕《ゆう》太《た》に不思議《ふしぎ》な声で語りかけた…。鳥との出会いで変《か》わってゆく少年の、繊細《せんさい》な物語《ものがたり》。

チャンプ 風になって走れ！

マーシャ・ソーントン・ジョーンズ・作
もきかずこ・訳／鴨下　潤・絵

交通事故《じこ》で足を失《うしな》ったチャンピオン犬をひきとったライリー。ライリーとチャンプの新たな挑《ちょう》戦《せん》とは…。

バアちゃんと、とびっきりの三日間

三輪裕子・作／山本祐司・絵

夏休みの三日間バアちゃんをあずかった祥太《しょうた》は、認知症《にんちしょう》のバアちゃんのために大奮闘《ふんとう》！
感動《かんどう》の物語《ものがたり》。

鈴《すず》とリンのひみつレシピ！

堀　直子・作／木村いこ・絵

おとうさんの名誉《めいよ》ばんかいのため、料理《りょうり》コンテストに出ることになった鈴《すず》。犬のリンと、ひみつのレシピを考えます！

以下続刊